MONSIEUR VÉNUS

RACHILDE

MONSIEUR VÉNUS

roman

*Précédé d'une préface
et d'une lettre autographe inédite
de Maurice BARRÈS*

FLAMMARION

Pour recevoir régulièrement, sans aucun engagement de votre part, l'Actualité Littéraire Flammarion, il vous suffit d'envoyer vos nom et adresse à Flammarion, Service ALF, 26, rue Racine, 75278 PARIS Cedex 06.
Vous y trouverez présentées toutes les nouveautés mises en vente chez votre libraire : romans, essais, sciences humaines, documents, mémoires, biographies, aventures vécues, livres d'art, livres pour la jeunesse, ouvrages d'utilité pratique...

ISBN 2-08-060969-6

COMPLICATIONS D'AMOUR

Ce livre-ci est assez abominable, pourtant je ne puis dire qu'il me choque. Des gens très graves n'en furent pas scandalisés davantage, mais amusés, étonnés, intéressés ; ils ont placé *Monsieur Vénus* dans l'enfer de leur bibliothèque, avec quelques livres du siècle dernier qui effrayent le goût et font songer.

Monsieur Vénus décrit l'âme d'une jeune fille très singulière. Je prie qu'on regarde cet ouvrage comme une anatomie. Ceux qui se piquent uniquement des nuances élégantes du bien dire n'ont que faire de feuilleter ici ; mais les livres où ils se plaisent auront peut-être disparu depuis longtemps qu'on cherchera encore dans celui-ci l'émotion violente que donne toujours à des esprits curieux et réfléchis le spectacle d'une rare perversité.

Ce qui est tout à fait délicat dans la perversité de ce livre, c'est qu'il a été écrit par une jeune

fille de vingt ans. Le merveilleux chef-d'œuvre !
Ce volume estampillé de Belgique, qui d'abord
révolta l'opinion, et ne fut lu que par un vilain
public et quelques esprits très réfléchis, toute
cette frénésie tendre et méchante, et ces formes
d'amour qui sentent la mort, sont l'œuvre d'une
enfant, de l'enfant la plus douce et la plus retirée !
Voilà qui est d'un charme extrême pour les véritables dandys. Ce vice savant éclatant dans le rêve
d'une vierge, c'est un des problèmes les plus mystérieux que je sache, mystérieux comme le crime,
le génie ou la folie d'un enfant, et tenant de tous
les trois.

Rachilde naquit avec un cerveau en quelque
sorte infâme, infâme et coquet. Tous ceux qui
aiment le rare, l'examinent avec inquiétude. Jean
Lorrain, qui devait s'y plaire, a donné un élégant
croquis de sa visite chez Rachilde : « Je trouvais,
dit-il, une pensionnaire d'allures sobres et réser-
vées, très pâle, il est vrai, mais d'une pâleur de
pensionnaire studieuse, une vraie jeune fille, un
peu mince, un peu frêle, aux mains inquiétantes
de petitesse, au profil grave d'éphèbe grec ou de
jeune Français amoureux... et des yeux — oh ! les
yeux ! longs, longs, alourdis de cils invraisembla-
bles et d'une clarté d'eau, des yeux qui ignorent
tout, à croire que Rachilde ne voit pas avec ces
yeux-là, mais qu'elle en a d'autres derrière la tête
pour chercher et découvrir les piments enragés
dont elle relève ses œuvres. » Et voilà, bien expri-

Fac-similé
d'une lettre de Maurice Barrès
(1888)

ma chère Rachilde,

Depuis que vous m'avez dit qu'on
réimprimait _Monsieur Vénus_, savez-vous
que j'ai une envie folle : Je
voudrais vous donner vingt telles
pages où j'expliquerais comment
et en quoi ce livre là est un
chef d'œuvre. Vous avez un grand
public de lecteurs, mais de lecteurs
pas assez curieux qu'ils ont raison
d'admirer... _Monsieur Vénus_ va encore

pason cerme un lure de calust de
lecteur, pour la majesté. Je suis sûr
que ce serait un vrai ser un littéraire à
rendre au public et à la critique de
souligner, sans plaisanterie ni emphase,
(comme s'il s'agissait d'un lure publié en
Hollande au siècle dernier) de
souligner que est le seul livre écrit
par une femme sur l'humiliation qu'il
y a pour la femme à être aimée

<u>Il ne s'agit pas de préface (qui ne</u>
<u>conviendrait ni à vous, ni à moi) mais</u>
<u>d'une étude</u> sur une certaine forme de
l'amour qui en ferait au volume, on
peut ay ensuite voir luxe comme une
réimpression de bibliophile.

Pour l'avantage immédiat, il est évident. Le résultat les longer
toute faite, les l'élaboration des idées ; pour le chaunvizar et entr
(estoguer expertes)
Si cela se votre convient ;

Vous croire que dans fidelity votre
ami et admirateur.

[signature]

Samedi
18 rue Chieffier

mées dans ces lignes à la Whistler, la gravité et la pâleur de cette fiévreuse.

Mais nous, qui répugnons pour l'ordinaire à l'obscénité, nous n'écririons pas de ce livre, s'il s'agissait seulement de vanter une enfant équivoque. Nous aimons *Monsieur Vénus*, parce qu'il analyse un des cas les plus curieux d'amour de soit qu'ait produit ce siècle malade d'orgueil. Ces feuillets fiévreusement écrits par une mineure, avec toutes les défaillances d'art qu'on peut y signaler, intéressent le psychologue au même titre qu'*Adolphe*, que *M*ᵐᵉ *de Maupin*, que *Crime d'Amour*, où sont étudiés quelques phénomènes rares de la sensibilité amoureuse.

Certes, la petite fille qui rédigeait ce merveilleux *Monsieur Vénus* n'avait pas toute cette esthétique dans la tête. Croyait-elle nous donner une des plus excessives monographies de la « maladie du siècle » ? Simplement elle avait de mauvais instincts, et les avouait avec une malice inouïe. Elle fut toujours très inconvenante. Déjà, toute jeune, lunatique, généreuse et pleine d'étranges ardeurs, elle effrayait ses parents, les plus doux parents du monde ; elle étonnait le Périgord. C'est d'instinct qu'elle se prit à décrire ses frissons de vierge singulière. Ramenant gentiment ses jupons entre ses jambes, cette fillette se laissa gaiement rouler sur la pente d'énervation qui va de Joseph Delorme aux *Fleurs du mal* et plus profond encore —, elle roula gaiement, sans souci, comme avec un cer-

veau moins noble et une autre éducation, elle eût
glissé dans le wagonnet des « Montagnes Russes ».

Les jeunes filles nous paraissent une chose très
compliquée, parce que nous ne pouvons nous rendre compte qu'elles sont gouvernées uniquement
par l'instinct, étant de petits animaux sournois,
égoïstes et ardents. Rachilde, à vingt ans, pour
écrire un livre qui fait rêver un peu tout le monde,
n'a guère réfléchi ; elle a écrit tout au trot de sa
plume, suivant son instinct. Le merveilleux, c'est
qu'on puisse avoir de pareils instincts.

Dans toute son œuvre, qui aujourd'hui est consi-
dérable, Rachilde n'a guère fait que se raconter
soi-même.

Je n'entends pas préciser la limite de ce qui est
vrai ou faux dans *Monsieur Vénus ;* tout lecteur
un peu au courant des exagérations romanesques
d'un cerveau de vingt ans fera aisément le départ
entre les embellissements d'auteur et les détails
réels de sensibilité. J'imagine que si l'on supprime
les enfantillages du décor et le tragique de
l'anecdote pour conserver les traits essentiels de
Raoule de Vénérande et du déplorable Jacques
Silvert, on sera bien près de connaître une des
plus singulières déformations de l'amour qu'ait
pu produire la maladie du siècle dans l'âme d'une
jeune femme.

Mais voici le sommaire de ce petit chef-d'œuvre :

Mme Raoule de Vénérande est une fine jeune fille, très nerveuse, avec des lèvres minces, d'un dessin assez désagréable. Dans l'atelier de sa fleuriste, elle remarque un jeune ouvrier. Couronné des roses qu'il tortille lestement en guirlande, ce garçon d'un roux très foncé l'enchante par son menton à fossette, sa chair unie et enfantine, et le petit pli qu'il a au cou, le pli du nouveau-né qui engraisse ; et puis il regarde, comme implorent les chiens souffrants, avec une vague humidité dans les prunelles. Tout le portrait est de ce ton excellent, vraiment canaille et nature. Raoule installe dans un intérieur fort romanesque ce joli garçon si gras ; elle le surprend qui, fou d'une folie de fiancée en présence de son trousseau de femme, lèche jusqu'aux roulettes des meubles à travers leurs franges multicolores. Avec un cynisme de très spirituelle allure, elle le déconcerte quand il imagine d'être aimable ; elle le pousse dans un cabinet de toilette, elle le fait rougir par son audace à l'examiner et le complimenter, lui le rustre qu'elle a recueilli sons prétexte de charité. Et le pauvre mâle humilié s'agenouille sur la traîne de la robe de Raoule, et sanglote. Car, Rachilde le dit excellemment, il était fils d'un ivrogne et d'une catin, son honneur ne savait que pleurer. Ce M. Vénus, absolument désexué de caractère par une suite de procédés ingénieux, devient *la maîtresse* de Raoule. Je veux dire qu'elle l'aime, l'entretient et le caresse, qu'elle s'irrite et s'attendrit auprès de lui,

sans jamais céder au désir qui la ferait aussitôt
l'inférieure de ce rustre, près de qui elle se plaît
à frissonner, mais qu'elle méprise. Elle définit son
goût d'une façon admirable : « J'aimerai Jacques
comme un fiancé aime sans espoir une fiancée
morte. »

Voilà le thème de ce roman, tel que je l'admire
—, dépouillé des équivoques qui ne font que dimi-
nuer l'œuvre et qui se sentent trop de l'ignorance
d'une vierge, d'une vierge qui se mêlait, je crois,
de ce qu'elle n'avait pas regardé. Il assure à Rachilde dans la série des esprits une place très dé-
finie :

Elle n'est pas un moraliste, on le sait bien, et
puis à vingt ans il serait vraiment insupportable
qu'elle prétendît à ce rôle. Il paraît même au
détour de toutes les lignes que Rachilde admire
Raoule de Vénérande.

Elle n'est pas non plus un psychologue mû par
le pur amour des belles complications. Elle nous décrit les actes très particuliers d'une jeune femme
orgueilleuse ; mais ne nous fait pas toucher
le développement d'une telle sensibilité. L'ayant
lue, nous ignorons encore par quelles impressions
des sens ou de l'esprit, par quelles combinaisons,
dans notre société si guindée, au milieu d'une
famillle honnête, peut surgir un pareil monstre.

Enfin Rachilde a beaucoup d'esprit, une légèreté
coquette, mais ne se préoccupe guère d'anoblir
par de longs labeurs la forme de son œuvre. Ni

moraliste, encore qu'elle esquisse une théorie de
l'amour, ni psychologue, bien qu'elle analyse parfois, ni artiste, malgré ses scintillements. Rachilde
appartient à la catégorie qui, selon des esprits très
affinés et un peu dégoûtés, est la plus intéressante.
Elle écrit des pages sincères, uniquement pour
exciter et aviver ses frissons. Son livre n'est qu'un
prolongement de sa vie. Pour les écrivains de cet
ordre, le roman n'est qu'un moyen de manifester
des sentiments que l'ordinaire de la vie les oblige
à refréner, ou au moins à ne pas divulguer.

Peut-être *Monsieur Vénus* est-il dans le fond
une histoire très réelle ; mais, fût-ce un rêve, il
témoignerait un état d'âme très particulier. J'a-
joute que ces rêves-là sont extrêmement puissants.
La femme qui rêve, qui pleure, qui conte un amour
qu'elle désirerait avoir, ne tarde pas à le créer.
Ces renversements de l'instinct, cette adoration
devant un être misérable, joli comme un enfant,
gras et débile comme une femme, avec le sexe
mâle, plusieurs fois l'humanité les a vus. Selon
des lois qui nous échappent, ces idéals troublés
remontent parfois à la surface de nos âmes, où
les déposèrent de lointains ancêtres. Raoule de
Vénérande, cette insensée au teint pâle et aux
lèvres minces, qui lave le corps équivoque de Jacques Silvert, fait songer, avec toutes les différen-
ces de climat, de civilisation et d'époque, au vertige de Phrygie, quand les femmes lamentaient
Attis, le petit mâle rosé et trop gras. Ces obscures

complications d'amour ne sont pas seulement faites d'énervation ; à leur luxure se mêle un mysticisme trouble. La Raoule de Vénérande du roman a pour directrice une parente, de toute piété, et qui ne cesse de stigmatiser l'humanité fangeuse. Rachilde écrit : « Dieu aurait dû créer l'amour d'un côté et les sens de l'autre. L'amour véritable ne se devrait composer que d'amitié chaude. Sacrifions les sens, la bête. »

Ces rêves tendres et malgré tout impurs ont toujours tenté les cerveaux les plus fiers. Un romancier catholique, Joséphin Péladan, a cru pouvoir s'abandonner à ces vertiges malsains sans offenser sa religion. Pourtant celui qui prétend dans ses sensualités satisfaire tout son être, ses nobles désirs de justice, de tendresse, de beauté, est penché sur une pente misérable. L'amour qui s'applique aux créatures s'engage dans des complications bien obscures, s'il ne lui suffit pas d'être père. L'homme supérieur constate très vite qu'il n'a rien à attendre de la femme. Quelque bonté qu'il croie voir dans le regard de ces créatures, il s'en écarte ; c'est la jeunesse seule qui embellit leurs prunelles candides ; aux premières paroles il trouverait l'humiliation d'avoir été fasciné par un être bas. La femme de son côté a fait le même raisonnement ; elle ne se courbera pas devant l'homme si souvent brutal, et dont l'étreinte après tout ne sait donner qu'un léger frisson à cette curieuse insatiable.

A quels cultes mystérieux vont-ils donc se vouer, ces hommes et ces femmes que *l'amour de soi* écarte l'un de l'autre ! A quelles pratiques singulières demanderont-ils des caresses, eux qui le plus souvent compliquent d'énervation intense leur susceptibilité morale ?

La maladie du siècle, qu'il faut toujours citer et dont *Monsieur Vénus* signale chez la femme une des formes les plus intéressantes, est faite en effet d'une fatigue nerveuse, excessive et d'un orgueil inconnu jusqu'alors. On n'avait pas signalé avant ce livre les singularités qu'elle introduit dans la sensibilité en ce qui concerne l'amour. Sans insister sur cette élégie divine et si troublante de René, c'est principalement aux œuvres de M. de Custine, un grand romancier inconnu, et de Baudelaire qu'il faudrait chercher des propositions (évidemment très enveloppées) sur l'amour *compliqué*, compliqué pour avoir trop craint les souillures. On verrait, avec effroi, quelques-uns arriver au dégoût de la grâce féminine, en même temps que *Monsieur Vénus* proclame la haine de la force mâle.

Complication de grande conséquence ! le dégoût de la femme ! la haine de la force mâle ! Voici que certains cerveaux rêvent d'un être insexué. Ces imaginations sentent la mort. Aux dernières pages du volume, quand *Monsieur Vénus* est mort, nous voyons Raoule de Vénérande veiller et se lamenter

devant une image en cire ! l'image de son **Adonis**
canaille !

Fantaisie pleureuse d'une isolée, excentricité
cérébrale, mais qui intéresse le psychologue, le
moraliste et l'artiste. *Monsieur Vénus* est un symp-
tôme très significatif, d'autant qu'on distinguera
aisément, je le répète, ce qui est exagération de
romancier, et ce qui vient d'une énervation de
plus en plus commune dans l'un et l'autre sexe.

Non, ce n'est pas une polissonnerie que cette
autobiographie de la plus étrange des jeunes femmes. En dépit des pages qui veulent, je crois, être
sadiques, et qui sont seulement très obscures et
très naïves, ce livre à mon goût peut être consi-
déré comme une curiosité qui restera au même
titre que certains livres du siècle dernier, que nous
lisons encore après que des ouvrages plus parfaits
ont disparu. La critique moderne substitue volontiers à la curiosité littéraire la curiosité patholo-
gique ; c'est l'auteur que cherchent dans une œuvre les esprits les plus distingués. Vous savez
quelle jeune femme toute de douceur et de finesse
est l'auteur, quelle frénésie sensuelle et mystique
on trouve dans son livre. Ne vous semble-t-il pas
que *Monsieur Vénus,* en plus des lueurs qu'il jette
sur certaines dépravations amoureuses de ce
temps, est un cas infiniment attachant pour ceux
que préoccupent les rapports, si difficiles à saisir,

qui unissent l'œuvre d'art au cerveau qui l'a mise debout ?

Par quel mystère Rachilde a-t-elle dressé devant soi Raoule de Vénérande et Jacques Silvert ? Comment de cette anfant de saine éducation sont sorties ces créations équivoques ? Le problème est passionnant.

Un éminent psychologue, M. Jules Soury, qui s'intéresse méthodiquement aux curieuses variétés de la sensibilité humaine, disait un jour de Restif : « Qui compose de tels livres ne s'appartient peut-être pas plus qu'un monstre double ; c'est un trop beau cas de tératologie. La tombe et l'oubli ne sont que pour le vulgaire. Lui, il a les honneurs de la salle de dissection et du musée Dupuytren. » Voilà ce que j'appliquerais judicieusement au camarade que j'ai l'honneur d'étudier, si je ne craignais de lui paraître un peu lourd.

MAURICE BARRÈS.

CHAPITRE PREMIER

Mlle de Vénérande cherchait à tâtons une porte dans l'étroit couloir indiqué par le concierge.

Ce septième étage n'était pas éclairé du tout, et la peur lui venait de tomber brusquement au milieu d'un taudis mal famé, quand elle pensa à son étui à cigarettes, qui contenait ce qu'il fallait pour avoir un peu de lumière. A la lueur d'une allumette, elle découvrit le numéro 10 et lut cette pancarte :

Marie Silvert, fleuriste, dessinateur.

Puis, la clef étant sur la porte, elle entra ; mais sur le seuil, une odeur de pommes cuisant la prit à la gorge et l'arrêta net. Nulle odeur ne lui était plus odieuse que celle des pommes ; aussi fut-ce avec un frisson de dégoût qu'avant de révéler sa présence elle examina la mansarde.

Assis à une table où fumait une lampe, un homme, paraissant absorbé dans un travail très minutieux, tournait le dos à la porte. Autour de son torse, sur la blouse flottante, courait en spirale une guirlande de roses, des roses fort larges de satin chair velouté de grenat, qui lui passaient entre les jambes, filaient jusqu'aux épaules et venaient s'enrouler au col. A sa droite se dressait une gerbe de giroflées des murailles, et, à sa gauche, une touffe de violettes.

Sur un grabat en désordre, dans un coin de la pièce, des lis en papier s'amoncelaient.

Quelques branches de fleurs gâchées et des assiettes sales, surmontées d'un litre vide, traînaient entre deux chaises de paille crevées. Un petit poêle fendu envoyait son tuyau dans la vitre d'une lucarne en tabatière et couvait les pommes étalées devant lui, d'un seul œil, rouge.

L'homme sentit le froid que laissait pénétrer la porte ouverte ; il releva l'abat-jour de la lampe et se retourna.

— Est-ce que je me trompe, monsieur ? interrogea la visiteuse, désagréablement impressionnée ; Marie Silvert, je vous prie.

— C'est bien ici, madame, et, pour le moment, Marie Silvert, c'est moi.

Raoule ne put s'empêcher de sourire : faite d'une voix aux sonorités mâles, cette réponse avait quelque chose de grotesque, que ne corrigeait pas la pose embarrassée du garçon tenant ses roses à la main.

— Vous faites des fleurs ? Vous les faites comme une vraie fleuriste !

— Sans doute, il le faut bien. J'ai ma sœur malade ; tenez, là, dans ce lit, elle dort... Pauvre fille ! Oui, très malade. Une grosse fièvre qui lui secoue les doigts. Elle ne peut rien fournir de bon... ; moi, je sais peindre, mais je me suis dit qu'en travaillant à sa place, je gagnerais mieux ma vie qu'à dessiner des animaux ou copier des photographies. Les commandes ne pleuvent guère, ajouta-t-il en matière de conclusion, mais je décroche le mois tout de même.

Il eut un haussement de cou pour surveiller le sommeil de la malade. Rien ne remuait sous les lis. Il offrit une des chaises à la jeune femme. Raoule serra autour d'elle son pardessus de loutre et s'assit avec une grande répugnance. Elle ne souriait plus.

— Madame désire... ? demanda le garçon, lâchant sa guirlande, pour fermer sa blouse, qui s'écartait beaucoup sur sa poitrine.

— On m'a donné, répondit Raoule, l'adresse de votre sœur en me la recommandant comme une véritable artiste. J'ai absolument besoin de m'entendre avec elle au sujet d'une toilette de bal. Ne pouvez-vous la réveiller ?

— Une toilette de bal ? oh ! madame, soyez tranquille, inutile de la réveiller. Je vous soignerai ça... Voyons, que vous faut-il ? des piquets, des cordons ou des motifs détachés ?...

Mal à l'aise, la jeune femme avait envie de s'en aller. Au hasard, elle prit une rose et en examina le cœur, que le fleuriste avait mouillé d'une goutte de cristal :

— Vous avez du talent, beaucoup de talent, répéta-t-elle, tout en détirant les pétales de satin...

Cette odeur de pommes rissolées lui devenait insupportable.

L'artiste se mit en face de sa nouvelle cliente et attira la lampe entre eux, au bord de la table. Ainsi placés, ils pouvaient se voir des pieds à la tête. Leurs regards se croisèrent. Raoule, comme éblouie, cligna des paupières derrière sa voilette.

Le frère de Marie Silvert était un roux, un roux très foncé, presque fauve, un peu ramassé sur des hanches saillantes, avec des jambes droites, minces aux chevilles.

Ses cheveux, plantés bas, sans ondulations ni boucles, mais durs, épais, se devinaient rebelles aux morsures du peigne. Sous son sourcil noir, assez délié, son œil était étrange, quoique d'une expression bête.

Il regardait, cet homme, comme implorent les chiens souffrants, avec une vague humidité sur les prunelles. Ces larmes d'animal poignent toujours d'une manière atroce. Sa bouche avait le ferme contour des bouches saines que la fumée, en les saturant de son parfum viril, n'a pas encore flétries. Par instants ses dents s'y montraient si blanches à côté de ses lèvres si pourpres qu'on se demandait pourquoi ces gouttes de lait ne séchaient point entre ces deux tisons. Le menton, à fossette, d'une chair unie et enfantine, était adorable. Le cou avait un petit pli, le pli du nouveau-né qui engraisse. La main assez large, la voix boudeuse et les cheveux plantés drus étaient en lui les seuls indices révélateurs du sexe.

Raoule oubliait sa commande ; une torpeur singulière s'emparait d'elle, engourdissant jusqu'à ses paroles.

Cependant elle se trouvait mieux, les pommes avec leurs jets de vapeur chaude ne l'incommodaient plus ; et, de ces fleurs éparses dans les assiettes sales, il lui semblait même se dégager une certaine poésie.

L'accent ému, elle reprit :

— Voici, monsieur, il s'agit d'un bal costumé et j'ai pour habitude de porter des garnitures spécialement dessinées pour moi. Je serai en *nymphe des eaux*, costume Grévin, tunique de cachemire blanc pailleté de vert, avec des roseaux enroulés ; il faut donc un semé de plantes de rivière, des nymphéas, des sagittaires, lentilles, nénuphars... Vous sentez-vous capable d'exécuter cela en une semaine ?

— Je crois bien, madame, une œuvre d'art ! répondit le jeune homme, souriant à son tour ; puis, saisissant un crayon, il jeta des croquis sur une feuille de bristol.

— C'est cela, c'est cela, approuva Raoule, sui-

vant des yeux. Des nuances très douces, n'est-ce
pas ? N'omettez aucun détail... Oh ! le prix que
vous voudrez !... Les sagittaires avec de longs pis-
tils en flèche et les nymphéas bien roses, duvetés
de brun.

Elle avait pris le crayon, pour rectifier certains
contours ; lorsqu'elle se pencha vers la lampe, un
éclair jaillit du diamant qui fermait son pardessus. Silvert le vit et devint respectueux :

— Le travail, fit-il, me reviendra à cent francs,
je vous donne la façon pour cinquante, je n'y
gagne pas beaucoup, allez, madame.

Raoule sortit d'un portefeuille armorié trois
billets de banque.

— Voici, dit-elle simplement, j'ai toute confiance en vous.

Le jeune homme eut un mouvement si brusque,
un tel élan de joie, que, de nouveau, la blouse
s'écarta. Au creux de sa poitrine, Raoule aperçut
la même ombre rousse qui marquait sa lèvre,
quelque chose comme des brins d'or filés, brouil-
lés les uns dans les autres.

Mlle de Vénérande s'imagina qu'elle mangerait
peut-être bien une de ces pommes sans trop de
révolte.

— Quel âge avez-vous ? interrogea-t-elle sans
détacher les yeux de cette peau transparente, plus
satinée que les roses de la guirlande.

— J'ai vingt-quatre ans, madame ; et, gauchement, il ajouta : pour vous servir.

La jeune femme eut un mouvement de tête, les paupières closes, n'osant regarder encore.

— Ah ! vous avez l'air d'en avoir dix-huit... Est-ce drôle, un homme qui fait des fleurs... vous êtes bien mal logé, avec une sœur malade, dans cette mansarde... Mon Dieu !... La lucarne doit vous éclairer si peu... Non ! non ! ne me rendez pas la monnaie... trois cents francs, c'est pour rien. A propos, mon adresse ; écrivez : Mlle de Vénérande, 74, avenue des Champs-Elysées, hôtel de Vénérande. Vous me les apporterez vous-même. J'y compte, n'est-ce pas ?

Sa voix était entrecoupée, elle éprouvait une grande lourdeur de tête.

Machinalement, Silvert ramassa une queue de pâquerette, il la roulait dans ses doigts et mettait, sans y prendre garde, une habileté de femme du métier à pincer juste le brin d'étoffe, pour lui donner l'apparence d'un brin d'herbe.

— Mardi prochain, c'est entendu, madame, j'y serai, comptez sur moi, je vous promets des chefs-d'œuvre... vous êtes trop généreuse !...

Raoule se leva ; un tremblement nerveux la secouait tout entière. Avait-elle donc pris la fièvre chez ces misérables ?

Ce garçon, lui, demeurait immobile, béant, enfoncé dans sa joie, palpant les trois chiffons bleus, trois cents francs !... Il ne songeait plus à ramener la blouse sur sa poitrine, où la lampe allumait des paillettes d'or.

— J'aurais pu envoyer ma couturière, avec mes instructions, murmura Mlle de Vénérande, comme pour répondre à un reproche intérieur et s'excuser vis-à-vis d'elle-même ; mais, après avoir vu vos échantillons, j'ai préféré venir... A propos : ne m'avez-vous pas dit que vous étiez peintre ? Est-ce de vous, ça ?

D'un mouvement de tête, elle indiquait un panneau suspendu au mur, entre une loque grise et un chapeau mou.

— Oui, madame, fit l'artiste, soulevant la lampe.

D'un coup d'œil rapide, Raoule embrassa un paysage sans air, où rageusement cinq ou six moutons ankylosés paissaient du vert tendre, avec un tel respect des lois de la perspective, que, par voie d'emprunt, deux d'entre eux paraissaient posséder cinq pattes.

Silvert, naïvement, attendait un compliment, un encouragement.

— Etrange profession, reprit Mlle de Vénérande, sans plus s'occuper de la toile, car, enfin, vous devriez casser des pierres, ce serait plus naturel.

Il se mit à rire niaisement, un peu déconfit d'entendre cette inconnue lui reprocher d'user de tous les moyens possibles pour gagner sa vie ; puis, pour répondre quelque chose :

— Bah ! fit-il, ça n'empêche pas d'être un homme !

Et la blouse, toujours ouverte, laissait voir sur sa poitrine les frisons dorés.

Une douleur sourde traversa la nuque de Mme de Vénérande. Ses nerfs se surexcitaient dans l'atmosphère empuantie de la mansarde. Une sorte de vertige l'attirait vers ce nu. Elle voulut faire un pas en arrière, s'arracher à l'obsession, fuir... Une sensualité folle l'étreignit au poignet... Son bras se détendit, elle passa la main sur la poitrine de l'ouvrier, comme elle l'eût passée sur une tête blonde, un monstre dont la réalité ne lui semblait pas prouvée.

— Je m'en aperçois ! fit-elle, avec une hardiesse ironique.

Jacques tressaillit, confus. Ce que d'abord il avait cru être une caresse lui semblait maintenant un contact insultant.

Ce gant de grande dame lui rappelait sa misère.

Il se mordit la lèvre, et, cherchant à se donner un mauvais genre quelconque, il riposta :

— Ma foi ! vous savez on en a partout !

A cette énormité, Raoule de Vénérande éprouva une honte mortelle. Elle détourna la tête ; alors, au milieu des lis, une face hideuse dans laquelle s'allumaient, sinistres, deux lueurs glauques, lui apparut : c'était Marie Silvert, la sœur.

Un instant, sans broncher, Raoule tint ses yeux rivés à ceux de cette femme ; puis, hautaine, saluant d'un imperceptible hochement de front, baissa sa voilette et sortit lentement, sans que Jacques, planté droit, sa lampe à la main, pensât à la reconduire.

— Qu'est-ce que tu dis de ça ? fit-il, revenant à lui, alors que déjà la voiture de Raoule, gagnant les boulevards, roulait vers l'avenue des Champs-Elysées.

— Je dis, répondit Marie, se laissant, dans un ricanement, tomber sur la couche, dont l'éclat des lis rehaussait la malpropreté, je dis que si tu n'es pas un nigaud, notre affaire est bonne. Elle en tient, mon mignon !

CHAPITRE II

Il faisait très froid. Raoule, blottie dans le fond de son coupé, avait baissé les stores et appuyait fortement son manchon sur sa bouche.

Certes, la nerveuse ne voyait point pour la première fois un garçon bien bâti, mais ce souvenir de mâle frais et rose comme une fille la hantait cruellement. Chez Raoule de Vénérande, l'activité cérébrale remplaçait presque toujours les situations positives ; quand elle ne pouvait vivre un moment de passion, elle le pensait, le résultat était le même. Sans vouloir se rappeler l'escalier sinistre de la rue de la Lune, la fleuriste malade et sale, cette mansarde où régnait une odeur atroce de pommes, elle se mit à évoquer Jacques Silvert.

Se souciant peu de la roture de l'ouvrier en s'abandonnant à un encanaillement fictif, Raoule rêvait de sa chair touchée du bout du doigt et les yeux mi-clos de la descendante des Vénérande se noyaient d'une langueur délicieuse. Sa mémoire ne lui fournissait déjà plus les moyens de réveiller sa conscience. A sa honte éprouvée devant le mâle qu'elle avait eu l'audace de rendre grossier, succédait une folle admiration pour le bel instrument de plaisir qu'elle désirait. Déjà elle jouissait de cet homme, déjà elle en faisait une proie, déjà peut-être elle l'arrachait à son misérable milieu pour l'idéaliser dans les spasmes d'une possession absolue. Et Raoule, bercée par le trot rapide de son attelage, mordait ses fourrures, la tête en arrière, le corsage gonflé, les bras crispés, avec de temps à autre un soupir de lassitude.

Ni belle, ni jolie dans l'acception des mots, Raoule était grande, bien faite, ayant le col souple. Elle possédait de la vraie fille de race les formes délicates, les attaches fines, la démarche un peu altière, les ondulations qui, sous les voiles de la femme, révèlent l'annelure féline. Dès l'abord, sa physionomie à l'expression dure ne séduisait pas. Merveilleusement tracés, les sourcils avaient une tendance marquée à se rejoindre dans le pli impérieux d'une volonté constante. Les lèvres minces, estompées aux commissures, atténuaient d'une manière désagréable le dessin pur de la bouche. Les cheveux étaient bruns, tordus sur la nuque et concouraient au parfait ovale d'un visage teinté de ce bistre italien qui pâlit aux lumières. Très noirs, avec des reflets métalliques sous de longs cils recourbés, les yeux devenaient deux braises quand la passion les allumait.

Raoule tressauta, brusquement arrachée aux

dépravations d'une pensée ardente ; la voiture venait de s'arrêter dans la cour de l'hôtel de Vénérande.

— Tu reviens tard ! mon enfant, fit une vieille dame, entièrement vêtue de noir, qui descendait le perron, allant au-devant d'elle.

— Vous trouvez, ma tante ? Quelle heure est-il donc ?

— Mais bientôt huit heures. Tu n'es pas habillée, tu ne dois pas avoir dîné. M. de Raittolbe, pourtant, viendra te chercher pour te conduire à l'Opéra, ce soir.

— Je n'irai pas, j'ai changé d'avis.

— Tu es malade ?

— Mon Dieu, non. Troublée, voilà tout. J'ai vu tomber un enfant sous un omnibus, rue de Rivoli. Il me serait impossible de dîner, je t'assure... Comme si les accidents d'omnibus devaient se passer dans la rue !

Mme Elisabeth se signa.

— Ah ! j'oubliais... ma tante. Venez avec moi. Faites interdire la porte, j'ai à vous parler sur un sujet qui vous plaira davantage : une bonne œuvre. J'ai mis la main sur une bonne œuvre.

Elles traversèrent toutes les deux les immenses appartements de l'hôtel.

Il y avait des salons d'un aspect tellement sombre qu'on n'y pénétrait pas sans avoir le cœur un peu serré. L'antique construction possédait deux pavillons en retour, flanqués d'escaliers ar-

rondis comme ceux du château de Versailles. Les
fenêtres, à croisillons étroits, descendaient toutes
jusqu'au parquet, montrant, derrière la légèreté
des mousselines et des guipures, d'énormes balcons
de fer forgé agrémentés d'arabesques bizarres.
Devant ces balcons s'étendait, coupée par la grille
d'entrée, une mosaïque de plantes essentiellement
parisiennes, de ces plantes aux verdures de tons
neutres résistant à l'hiver, qui forment des bor-
dures si justes, que l'œil le plus exercé ne saurait
se heurter à un seul brin d'herbe dépassant. Les
murs gris semblaient s'ennuyer, les uns en présence des autres, et cependant, un enchanteur,
pour vexer une dévote, en retournant ces façades
blasonnées, aurait causé plus d'une surprise aux
manants égarés dans la noble avenue. Ainsi la
chambre à coucher de la nièce, aile droite, et celle
de la tante, aile gauche, mises subitement à ciel
ouvert, eussent fait pâmer d'aise un amateur d'op-
positions picturales.

La chambre de Raoule était capitonnée de damas rouge et lambrissée, aux pourtours, de bois
des îles sertis de cordelières de soie. Une panoplie
d'armes de tous genres et de tous pays, mises à
la portée d'un poignet féminin par leurs exquises
dimensions, occupait le panneau central. Le plafond, gondolé aux corniches, était peint de vieux
motifs rococos sur fond azur-vert.

Du milieu descendait un lustre en cristal de
Carlsruhe, une girandole de liserons avec leurs

feuilles lancéolées et irisées de couleurs naturelles. Une couche moelleuse était placée en travers du grand tapis de Vison qui s'étendait sous le lustre, et le bateau de ce lit, en ébène sculpté, supportait des coussins dont l'intérieur et les plumes avaient été imprégnés d'un parfum oriental embaumant toute la pièce.

Quelques tableaux entre glaces, d'assez libres allures, s'accrochaient aux capitons des murailles. Il y avait, faisant face à la table de travail tout encombrée de papiers et de lettres ouvertes, une académie masculine n'ayant aucune espèce d'ombre le long des hanches. Un chevalet, dans un coin, et un piano, près de la table, complétaient cet ameublement profane.

La chambre de Mme Elisabeth, chanoinesse de plusieurs ordres, était tout entière d'un gris d'acier désolant le regard.

Sans tapis, le parquet bien ciré vous glaçait les talons, et le Christ amaigri, pendu près d'un chevet sans oreiller, contemplait un plafond peint de brumes comme un ciel du Nord.

Il y avait quelque vingt ans que Mme Elisabeth habitait l'hôtel de Vénérande, en compagnie de sa nièce, restée orpheline à l'âge de cinq ans. Jean de Vénérande, dernier rejeton de sa race, avait, en sortant de ce monde, formulé le vœu que l'enfant, né de la mort, qu'il laissait après lui, fût élevé par sa sœur dont les qualités lui avaient toujours inspiré une profonde estime. Elisabeth était

alors une vierge de quarante printemps, pleine
de vertus, confite en dévotion, passant dans la vie
comme sous les arceaux d'un cloître, perdue dans
une perpétuelle méditation, usant le bout de son
index à répéter les signes de croix qui permettent
de puiser largement au trésor des indulgences
plénières, et s'occupant fort peu, rare qualité de
dévote, du salut des voisins. Son roman était simple. Elle le racontrait aux jours solennels, dans
ce style onctueux que le mysticisme invétéré prête
aux natures passives. Elle avait eu une passion
chaste, une passion en Dieu ; elle avait aimé ingé-
nument un pauvre poitrinaire, le comte de Moras,
un homme expirant tous les matins. Elle avait
peut-être pressenti les félicités nuptiales et les
joies maternelles, mais une inoubliable catastrophe avait tout brisé au dernier moment : le comte
de Moras avait été rejoindre ses ancêtres, muni
des sacrements de l'Eglise. Dans l'exaspération
de sa douleur, la fiancée n'effeuilla pas les roses
de l'hymen, ne déchira pas son voile blanc ; elle
vint chercher au pied de la croix rédemptrice un
époux immortel. Sa religiosité douce n'en demandait pas plus !... Les portes du couvent allaient
s'ouvrir pour elle quand survint la mort de Jean
de Vénérande. Mme Elisabeth fit taire son cœur et
se consacra désormais à la tutelle de Raoule.

Vers ce moment trouble de l'existence de l'enfant, quand elle se forme, une mère aurait eu de
graves préoccupations pour son avenir. Cette pe-

tite fille volontaire brisait tous les raisonnements qu'on lui opposait avec des réponses pleines d'une désinvolture épicurienne. Elle apportait à la réalisation d'un caprice une ténacité effrayante et charmait les institutrices par l'explication lucide qu'elle donnait de ses folies. Son père avait été un de ces débauchés épuisés que les œuvres du marquis de Sade font rougir, mais pour une autre raison que celle de la pudeur. Sa mère, une provinciale pleine de sève, très robuste de constitution, avait eu les plus naturels et les plus fougueux appétits. Elle était morte d'un flux de sang quelque temps après ses couches. Peut-être son mari l'avait-il suivie au tombeau, victime aussi d'un accident qu'il avait provoqué, car l'un de ses vieux serviteurs disait qu'en trépassant il s'accusait de la fin prématurée de sa femme.

Mme Elisabeth, chanoinesse, ignorante de la vie des êtres matérialistes, s'occupa de développer beaucoup chez Raoule les aspirations mystiques ; elle la laissa raisonner, lui parla souvent de son dédain pour l'humanité fangeuse en termes très choisis et lui fit atteindre ses quinze ans dans la solitude la plus complète.

A l'heure des initiations sensuelles, la tante Elisabeth, la chanoinesse, n'aurait jamais pu croire que son baiser de prude ne suffisait plus aux secrètes ardeurs de la vierge confiée à ses soins religieux.

Un jour, Raoule, courant les mansardes de l'hô-

tel, découvrit un livre ; elle lut, au hasard. Ses
yeux rencontrèrent une gravure, ils se baissèrent,
mais elle emporta le livre... Vers ce temps, une
révolution s'opéra dans la jeune fille. Sa physionomie s'altéra, sa parole devint brève, ses prunelles
dardèrent la fièvre, elle pleura et elle rit tout
à la fois. Mme Elisabeth, inquiète, craignant une
maladie sérieuse, appela les médecins. Sa nièce
leur défendit sa porte. Pourtant, l'un d'eux, très
élégant de sa personne, spirituel, jeune, fut assez
adroit pour se faire admettre auprès de la capricieuse malade. Elle le pria de revenir et il n'y eut,
d'ailleurs, pas d'amélioration dans son état.

Elisabeth recourut aux lumières de ses confes-
seurs. On lui conseilla le véritable spécifique :
— Mariez-la ! lui répondit-on.

Raoule éclata de colère quand sa tante entama
un chapitre sur le mariage.

Le soir de ce jour-là, pendant le thé, le jeune
docteur, causant dans l'embrasure d'une croisée
avec un vieil ami de la maison, disait, montrant
Raoule :

— Un cas spécial, monsieur. Quelques années
encore, et cette jolie créature que vous chérissez
trop, à mon avis, aura, sans les aimer jamais,
connu autant d'hommes qu'il y a de grains au
rosaire de sa tante. Pas de milieu ! Ou nonne, ou
monstre ! Le sein de Dieu ou celui de la volupté !
Il vaudrait peut-être mieux l'enfermer dans un
couvent, puisque nous enfermons les hystériques

à la Salpêtrière ! Elle ne connaît pas le vice, mais elle l'invente !

Il y avait dix ans de cela, au moment où commence cette histoire..., et Raoule n'était pas nonne...

Durant la semaine qui suivit sa visite chez Silvert, Mlle de Vénérande fit de fréquentes sorties, n'ayant d'autre but que la réalisation d'un projet formé dans le parcours de la rue de la Lune à son hôtel. Elle en avait fait la confidence à sa tante, et celle-ci, après des objections timides, en avait, comme toujours, référé aux cieux. Raoule lui décrivit, d'une manière détaillée, la misère de l'*artiste*. Quelle pitié ne serait point émue à l'aspect du taudis de Jacques ? Comment pourrait-il travailler là-dedans, avec sa sœur presque infirme ? Alors Elisabeth avait promis de les recommander à la Société de Saint-Vincent-de-Paul et d'envoyer des dames de charité aussi titrées que secourables.

— Ouvrons notre bourse, ma tante, s'était écriée Raoule, exaltée par sa propre audace. Faisons une aumône royale, mais faisons-la dignement ! Mettons ce peintre qui a du talent (ici Raoule avait eu un sourire) dans un milieu vraiment artistique. Qu'il puisse gagner son pain sans avoir la honte de l'attendre de nous. Assurons-lui tout de suite l'avenir. Qui sait si, plus tard, il ne nous le rendra pas au centuple !

Raoule parlait avec chaleur.

— Il faut, se dit tante Elisabeth, que ma nièce

ait rencontré de bien belles dispositions chez ces malheureux pour qu'elle daigne s'animer de la sorte... elle, si froide. Voilà peut-être le moyen de la ramener à la pitié !...

Car tante Elisabeth n'était pas sans savoir que *son neveu*, comme elle appelait souvent Raoule quand elle lui voyait prendre des leçons d'escrime ou de peinture, manquait absolument de la foi qui conduit aux saintes destinées. Seulement la chanoinesse avait, de son côté, trop de *monde*, trop de race, trop de *parchemin* dans le caractère, pour douter une seconde de la pureté corporelle et morale de sa descendante. Une Vénérande ne pouvait être que vierge. On citait des Vénérande qui avaient gardé cette qualité durant plusieurs lunes de miel. Ce genre de noblesse, bien qu'il ne fût pas héréditaire dans la famille, obligeait donc entièrement la jeune femme.

— Dès demain, avait enfin conclu Raoule, je cours Paris pour organiser un atelier. Les meubles seront placés la nuit ; il est inutile de faire parler de nous, la moindre ostentation serait un crime, et mardi, quand il viendra m'apporter ma garniture de bal, tout sera prêt... Ah ! c'est dans ces occasions, ma tante, que notre fortune est intéressante !...

— Je t'abandonne, ma chérie, le céleste bénéfice de ta charité ! déclara tante Elisabeth. N'épargne rien : autant tu sèmeras sur terre, autant tu récolteras là-haut !

— *Amen !* riposta Raoule — et la blasée eut un regard de mauvais ange à l'adresse de la chanoinesse ravie.

Huit jours après Mlle de Vénérande, belle, d'une beauté excessivement originale sous son costume de *nymphe des eaux*, faisait son entrée à sensation au bal de la duchesse d'Armonville. Flavien X, le journaliste à la mode, dit deux mots discrets au sujet de ce costume étrange et, bien que Raoule n'eût pas d'amies intimes, elle s'en découvrit quelques-unes, ce soir-là, qui la supplièrent de leur indiquer la demeure de son habile fleuriste.

Raoule s'y refusa.

CHAPITRE III

Jacques Silvert, dans l'atelier, se laissa tomber sur un divan, tout ahuri. Il avait l'air d'un petit enfant surpris par un grand orage. Ainsi, on le mettait chez lui, avec des pinceaux, des couleurs, des tapis, des rideaux, des meubles, du velours, beaucoup de dorures, beaucoup de dentelles... Les bras pendants, il regardait chaque chose, se demandant si chaque chose n'allait pas s'écarter pour ramener une nuit profonde. Sa sœur, n'osant pas y croire encore, s'était assise, elle, sur la valise qui contenait leurs malheureux vêtements. Courbant son maigre dos, les mains jointes, elle répétait, saisie d'une immense vénération :

— La noble créature ! La noble créature !

Et elle n'oubliait point son éternelle toux, semblable au grincement d'un essieu mal huilé, toux de théâtre cherchant les notes de poitrine à la fin de ses quintes.

— Il faudrait cependant ranger un peu, ajouta-t-elle, se levant très décidée.

Elle ouvrit la malle, en tira le tableau des moutons sur ciel clair, alla l'accrocher dans un coin.
Alors Jacques, remué par un attendrissement inexplicable, vint à ce tableau, l'embrassa en pleurant.

— Vois-tu, sœur, j'avais toujours eu l'idée que
mon talent nous porterait bonheur. Et toi qui me
disais qu'il vaudrait mieux courir les filles que de
gratter du charbon le long des murs.

Marie se gaussa, faisant rentrer sa courte échine
dans ses épaules.

— Tiens ! comme si ta figure ne valait pas celle
de tes sales moutons !

Il ne put s'empêcher de rire ; ses larmes séchè-
rent et il murmura :

— Tu es folle ! Mme de Vénérande est une artiste,
voilà tout ! Elle a pitié des artistes ; elle est bonne,
elle est juste... Ah ! les ouvriers pauvres ne feraient
pas souvent des révolutions s'ils connaissaient
mieux les femmes de la haute !

Marie eut un rictus mauvais. Elle gardait son
opinion. Quand elle songeait à cette femme de *la
haute*, toutes les scènes de vice qu'elle avait vécues
lui remontaient en fumées malsaines à la tête, et
elle voyait alors le monde entier aussi plat que
l'était naguère son lit de prostituée après le départ
du dernier amant.

En philosophant, d'une voix un peu lente qui
désire se faire écouter, Jacques allait et venait,
disséminant les armes des panoplies qu'on n'avait
pas eu le temps de poser. Il collait tous les fau-

teuils contre les murs, n'ayant jamais assez de
place pour promener ses orgueils de nouveau pro-
priétaire.

Les chevalets de bois des îles furent mis en
troupe dans l'angle où se dressait une Vénus de
Milo très éblouissante, sur un socle de bronze. Il
voulut compter les bustes et les apporta au pied
de la déesse, comme on empile des pots de réséda
dans la gouttière d'une grisette. Par instants, il
jetait un petit cri de plaisir, caressant les urnes
de majoliques et les luisantes feuilles du palmier
qui émergeait d'un pouf, au centre de l'atelier.
Il essayait jusqu'aux tabourets errant sur la mo-
quette du tapis ; il les éprouvait à coups de poing
ou les lançait au plafond.

Le vitrage donnait dans l'endroit le plus découvert du boulevard Montparnasse, en face de Notre-
Dame-des-Champs. Il était drapé d'un baldaquin
de satin gris, relevé de velours noir brodé d'or.
Toutes les tentures rappelaient ces nuances et les
portières égyptiennes à motifs étrangers, très vifs,
éclataient d'une façon merveilleuse sur ce gris de
nuage printanier.

Au bout d'une heure, l'atelier rappela presque
la mansarde de la rue de la Lune, moins les taches
de graisse et les chaises crevées ; mais on sentait
que ce complément ne tarderait pas à arriver.
Marie décida qu'on mettrait deux couchettes de
fer dans le cabinet des modèles, car l'atelier possédait un demi-cercle tendu de larges rideaux et

garni en pourtour d'un paravent du Japon, laqué,
rose et bleu. On ferait sa toilette comme on pourrait, puis on roulerait les deux cages sous le paravent. Elle imagina même de se servir d'un gros
crachoir de cuivre ciselé comme boîte à ordures.
Ils ne pensaient pas du tout à soulever les portières, supposant que cela faisait partie des orne-
ments avec les trophées de vieilles armes.

— Nous *laverons* ces casseroles-là, dit Marie,
pleine de son sujet, pour avoir des marmites éco-
nomiques. J'adore la cuisine à l'*étouffée* — elle
désignait les casques romains que son frère
essayait de temps en temps.

— Oui, oui, répondait Jacques, se campant vis-
à-vis la glace qui lui renvoyait, multipliées, toutes
les splendeurs de son paradis — fais ce que tu
veux, sans te fatiguer. Ce serait trop bête de reprendre une fièvre ici... nous avons d'autres chats
à fouetter. Mets-toi chez nous, trempe la soupe
sur les canapés, si ça te plaît. Je suis bien le maître,
n'est-ce pas ? Dis donc, il faudra travailler. Les
fleurs m'ont rouillé les doigts ; il faudra que je me
dérouille lestement. Et puis... le portrait de la
tante, le portrait de ses domestiques, si elle y tient.
Je ne suis pas un ingrat... je crois que je me sai-
gnerais les quatre veines pour cette femme-là. Il
n'y a pas de bon Dieu, ou c'est elle qui en est un.
A propos, notre horloge va sonner, attention !

L'horloge, représentant un phare surmonté
d'une boule lumineuse, sonna six heures et, brus-

quement, la boule prit feu, un feu opalin qui permettait de tout voir dans une pénombre délicieuse.

— Pas possible, s'exclama Jacques, étourdi de cette nouvelle métamorphose, voilà l'heure de la lumière et la lumière arrive toute seule. Je commence à croire que nous sommes dans une pièce du Châtelet.

— Elle a rien du vice ! marmotta Marie Silvert, répondant à ses idées égrillardes.

— L'horloge ? riposta Jacques avec une naïveté de gamin.

Le fait est que la lumière ne s'éteignait point et, pour du vice, cette pendule en répandit. Les draperies se noyèrent dans une vague teinte irisée, remplie de mystères charmants. On aperçut les magots chinois levant leurs jambes bouffies d'étoffe ; les nymphes de terre cuite s'élancèrent dans une espèce de vapeur flottante, insaisissables, elles arrondirent des bras vivants, elles décochèrent des sourires humains, et les mannequins disloqués eurent des gestes très brutaux à l'intention de la tunique chaste de la Vénus impériale.

— Ecoute, j'ai encore quarante sous. Je vais chercher un litre et du fromage d'Italie. Ça y est-il ?

— Parbleu, je meurs de faim !

Jacques, dans son enthousiasme, la poussa vers la porte et bientôt les pas de la fille s'éteignirent dans l'escalier.

Il revint se jeter dans le grand divan, derrière

l'horloge. Depuis une minute, il avait le corps tout chatouillé par le désir de la soie, de cette soie épaisse comme une toison, qui tapissait la plupart des meubles de l'atelier. Il se vautra, baisant les houppes et les capitons, serrant le dossier, frottant son front contre les coussins, suivant de l'index leurs dessins arabes, fou d'une folie de fiancée en présence de son trousseau de femme, léchant jusqu'aux roulettes, à travers les franges multicolores.

Il aurait oublié le dîner si une main ne s'était mise, autoritaire, dans sa rage de bonheur et ne l'avait secoué d'importance. Il fit un bond, tremblant d'ouïr les aigres sarcasmes de Marie, cette perpétuelle mécontente. Alors il reconnut Mlle de Vénérande. Elle était entrée sans bruit et venait probablement surprendre l'artiste en pleine admiration, devant le piédestal d'une statue. Elle pouvait même supporter que le pinceau serait déjà trempé, la toile humide, la composition préparée... Elle trouvait un enfant se livrant à des exercices de clown sur des ressorts neufs. Cela, tout d'abord, la navra... puis, elle rit, et, ensuite, elle s'avoua que c'était fort juste.

— Allons, dit-elle de son accent bref de maîtresse de maison donnant un ordre ; allons, tâchez d'être un homme raisonnable, mon pauvre Silvert ; je viens vous aider, je pense que vous n'y voyez pas d'inconvénient.

Elle l'examina.

— Eh bien, votre tenue de travail ? J'espérais que vous sauriez faire tout seul une toilette présentable ?

— Ah ! mademoiselle, ma chère bienfaitrice, commença, suivant les recommandations de Marie, le jeune homme remis debout et passant les doigts dans ses cheveux, ce jour solennel décide de mon existence ; je vous devrai la gloire, la fortune, la...

Il resta court, intimidé par les yeux noirs, superbes et fulgurants de Raoule.

— Monsieur Silvert, continua-t-elle, imitant son débit théâtral, vous êtes un polichinelle, c'est mon avis... Vous ne me devez rien du tout..., mais vous n'avez pas l'ombre du sens commun, et vous serez condamné, j'en ai peur, aux petits moutons trop raides sur des prairies trop tendres. J'ai un an de plus que vous, je brosse une académie présentable dans l'espace de temps qu'il vous faut pour tortiller une pivoine. Je peux donc me permettre une virulente critique de vos œuvres.

Elle l'empoigna par l'épaule et lui fit faire le tour de l'atelier.

— C'est ainsi que vous arrangez le désordre ? Où se trouve donc enfoui votre sentiment du beau, à vous, hein ? Répondez... J'ai envie de vous étrangler.

Elle envoya son manteau sur un fauteuil et apparut, svelte, le chignon tordu, très relevé, vêtue d'un fourreau de drap noir à queue tortueuse, tout passementé de brandebourgs. Aucun bijou, cette fois, ne scintillait pour égayer ce costume presque masculin. Elle portait seulement à l'annulaire gauche une chevalière en camée, sertie de deux griffes de lion.

Lorsqu'elle ressaisit la main de Jacques, il fut griffé. Malgré lui, une sensation de terreur le pénétra. Cette créature était le diable.

Elle fit exécuter à toutes les choses un branle des plus cyniques. Scandalisé, Jacques avait une moue !... Les nymphes s'appuyèrent sur le dos des satyres chinois, les casques coiffèrent les bustes, les glaces se renversèrent reflétant le plafond, les poufs roulèrent dans les supports grêles des chevalets et les trophées prirent des poses matamoresques.

— Nous sommes perdus, pensa le fleuriste de la rue de la Lune.

— Maintenant, venez ; il faudra vous habiller vous-même, et je doute beaucoup du succès.

Elle ricanait, Raoule, se disant qu'on ne ferait rien de ce garçon à chair lourde.

Une portière se tira. Jacques poussa une exclamation.

— Ah ! je comprends, vous n'avez pas l'idée d'une chambre à coucher : cela dépasse votre cerveau.

Elle alluma une des bougies de cire qui garnissaient les torchères et le précéda dans une pièce tendue de bleu pâle. Il y avait un lit à colonnes dont les draperies vénitiennes, camaïeu sur fond

d'argent, se brochaient de points de Flandre.
Raoule avait fait donner simplement aux tapis-
siers les restes de sa propre chambre d'été. Un
cabinet de toilette avec une baignoire en marbre
rouge attenait.

— Enfermez-vous... Nous causerons à travers la
portière.

En effet, ils causèrent, chacun derrière le rideau
du cabinet, lui pataugeant dans l'eau qu'il trouvait
froide, le bain ayant été préparé avant leur arrivée ; elle, riant de ses inepties.

— Mais souvenez-vous donc que je suis un garçon, moi, disait-elle, un artiste que ma tante appelle
son neveu... et que j'agis pour Jacques Silvert
comme un camarade d'enfance... Là, est-ce fini ?
Vous avez du Lubin au-dessus de la baignoire, un
peigne à côté. Est-il amusant, ce petit ? Mon Dieu,
est-il drôle ?...

Jacques tâtonnait. Après tout, le grand monde
devait être plus libre que celui qu'il connaissait.

Et, s'enhardissant, il émettait des réflexions
polissonnes, lui demandant si elle ne le regardait
pas, car ça le gênerait, naturellement...

Il lui fit des confidences, racontant de quelle
façon son pauvre père était mort dans un engrenage à Lille, le pays natal, un jour qu'il avait bu
un coup de trop ; comment sa mère les avait chas-
sés pour s'acoquiner avec un autre homme. Ils
étaient partis tout jeunes, frère et sœur, pour Paris... Cette gueuse de sœur en savait déjà si long !

Ils avaient gagné leur misérable pain dur... Il ne
parla point des débauches de Marie, mais il se mit
à se moquer afin de chasser une langueur triste
qui lui serrait la poitrine. On leur faisait l'aumône... comment pourrait-il reconnaître ? Hélas !
c'était bien humiliant, et il oubliait les recommandations vicieuses de Marie, en contemplant, sous
les miroitements de l'eau, l'égratignure que lui
avait faite la chevalière.

Enfin, il y eut un fracas dans la baignoire.

— J'en ai assez ! déclara-t-il, troublé subitement
par la honte de lui devoir aussi la propreté de son
corps.

Il chercha un linge et resta ruisselant, les bras
en l'air. Il lui sembla qu'on froissait le rideau.

— Vous savez, *monsieur* de Vénérande, dit-il
d'un ton boudeur, même entre hommes ce n'est
pas convenable... Vous regardez ! Je vous demande
si vous seriez content d'être à ma place.

Et il pensa que cette femme voulait absolument
qu'on lui sautât dessus.

— Elle sera bien plus attrapée, ajouta-t-il de
très mauvaise humeur, les sens tout apaisés par
les fraîcheurs de son bain, et il passa un peignoir.

Clouée au sol, derrière le rideau, Mlle de Vénérande le voyait sans avoir besoin de se déranger.
Les lueurs douces de la bougie tombaient molle-
ment sur ses chairs blondes, toutes duvetées
comme la peau d'une pêche. Il était tourné vers le
fond du cabinet et jouait le principal rôle d'une des

scènes de Voltaire, que raconte en détail une courtisane nommée Bouche-Vermeille.

Digne de la Vénus Callipyge, cette chute de reins
où la ligne de l'épine dorsale fuyait dans un mé-
plat voluptueux et se redressait, ferme, grasse, en
deux contours adorables, avait l'aspect d'une
sphère de Paros aux transparences d'ambre. Les
cuisses, un peu moins fortes que des cuisses de
femme, possédaient pourtant une rondeur solide
qui effaçait leur sexe. Les mollets, placés haut,
semblaient retrousser tout le buste, et cette impertinence d'un corps paraissant s'ignorer n'en était
que plus piquante. Le talon, cambré, ne portait
que sur un point imperceptible, tant il était rond.

Les deux coudes des bras allongés avaient deux
trous roses. Entre la coupure de l'aisselle, et beaucoup plus bas que cette coupure, dépassaient quelques frisons d'or s'ébouriffant. Jacques Silvert
disait vrai, il en avait partout. Il se serait trompé,
par exemple, en jurant que cela seul témoignait
de sa virilité.

Mlle de Vénérande recula jusqu'au lit ; ses mains
nerveuses se crispèrent dans les draps ; elle gron-
dait comme grondent les panthères que vient de
fustiger la souple cravache du dompteur :

— Poème effrayant de la nudité humaine, t'ai-je
donc enfin compris, moi qui tremble pour la première fois en essayant de te lire avec des yeux
blasés. L'homme ! voilà l'homme ! Non Socrate
et la grandeur de la sagesse, non le Christ et la

majesté du dévouement, non Raphaël et le rayon-
nement du génie, mais un pauvre dépouillé de
ses haillons, mais l'épiderme d'un manant. Il est
beau, j'ai peur. Il est indifférent, je frissonne. Il
est méprisable, je l'admire ! Et celui qui est là,
comme un enfant dans des langes prêtés pour une
seconde, entouré de hochets que mon caprice lui
retirera bientôt, je le ferai mon maître et il tordra
mon âme sous son corps. Je l'ai acheté, je lui
appartiens. C'est moi qui suis vendue. Sens, vous
me rendez un cœur ! Ah ! démon de l'amour, tu
m'as faite prisonnière, me dérobant les chaînes
et me laissant plus libre que ne l'est mon geôlier.
J'ai cru le prendre, il s'empare de moi. J'ai ri du
coup de foudre et je suis foudroyée... Et depuis
quand Raoule de Vénérande, qu'une orgie laisse
froide, se sent-elle bouillir le crâne devant un homme faible comme une jeune fille ?

Elle répéta ce mot : une jeune fille !

Affolée, d'un bond elle revint à la portière du
cabinet de toilette.

— Une jeune fille !... Non, non... la possession
tout de suite, la brutalité, l'ivresse stupide et l'oubli... Non, non, que mon cœur invulnérable ne
participe pas à ce sacrifice de la matière ! Qu'il
m'ait dégoûtée, avant de m'avoir plu ! Qu'il soit
ce qu'ont été les autres, un instrument que je
puisse briser avant de devenir l'écho de ses vibra-
tions !

Elle écarta la draperie d'un mouvement impérieux. Jacques Silvert finissait à peine de s'éponger le corps.

— Enfant, sais-tu que tu es merveilleux ? lui dit-elle avec une cynique franchise.

Le jeune homme poussa un cri de stupeur, ramenant son peignoir. Ensuite, navré, tout pâle de honte, il le laissa glisser passivement, car il comprenait, le pauvre. Sa sœur ne ricanait-elle pas, surgissant dans un coin. « Eh ! va donc, imbécile, toi qui te figurais que tu étais un artiste. Va donc, joujou de contrebande, va donc, amusette d'alcôve, fais ton métier. »

Cette femme l'avait tiré de ses gerbes de fleurs fausses, comme on tire des fleurs vraies l'insecte curieux qu'on veut poser, en joyau, sur une parure.

— Va donc, animal de marée ! on n'est pas le camarade d'une fille noble. Les dépravées savent choisir !...

Il lui semblait entendre toutes ces injures bruire à son oreille pourpre, et sa blondeur de vierge prenait le même incarnat, tandis que les deux boutons de ses seins, avivés par l'eau, ressortaient, pareils à deux boutons de bengale.

— L'Antinoüs est un de tes aïeux, je crois ? murmura Raoule lui jetant ses bras au cou et forcée par sa haute taille de s'appuyer sur ses épaules.

— Je ne l'ai jamais connu ! répondit le vainqueur humilié, courbant la tête.

Ah ! le bois cassé pour les maisons riches, les croûtes de pain ramassées au lit des ruisseaux, toute sa misère vaillamment supportée malgré les conseils perfides de sa sœur, la fille !... Ce rôle d'ouvrière joué avec art, ces petits outils ridicules lassant le sort par leur persévérance, où était tout cela ? Et comme tout cela valait mieux ! L'honnêteté ne l'étouffait point, mais on aurait bien pu être bon jusqu'au bout, lui laisser son illusion et le temps de se créer une fortune pour rembourser un jour...

— M'aimeras-tu, Jacques ? demanda Raoule tressaillant au contact de ce corps nu que l'horreur de la chute glaçait jusque dans les moelles.

Jacques s'agenouilla sur la traîne de sa robe. Il claquait des dents. Puis il éclata en sanglots.

Jacques était le fils d'un ivrogne et d'une catin. Son honneur ne savait que pleurer.

Mlle de Vénérande lui releva la tête ; elle vit rouler ces larmes brûlantes, les sentit retomber une à une sur son cœur, ce cœur qu'elle avait voulu renier. La chambre tout à coup lui parut remplie d'aurore, il lui sembla respirer un parfum exquis, lancé soudain dans l'atmosphère enchantée. Son être se dilata, immense, enbrassant à la fois toutes les sensations terrestres, toutes les aspirations célestes, et Raoule, vaincue, enorgueillie, s'écria :

— Debout, Jacques, debout ! Je t'aime !

Elle l'arracha de sa robe, courut à la porte de l'atelier, répétant :

— Je l'aime ! je l'aime !

Elle se retourna encore :

— Jacques, tu es le maître ici... Je m'en vais ! Adieu pour toujours. Tu ne me reverras plus ! Tes larmes m'ont purifiée et mon amour vaut ton pardon.

Elle s'enfuit, folle d'une atroce joie, plus voluptueuse que la volupté charnelle, plus douloureuse que le désir inassouvi, mais plus complète que la jouissance ; folle de cette joie qu'on appelle l'émotion d'un premier amour.

— Eh bien, dit tranquillement Marie Silvert après son départ, il paraît que le poisson a mordu... Ça va filer comme sur des roulettes, N. de D. !

CHAPITRE IV

Marie avait la lettre dans sa poche, elle était bien persuadée maintenant que cette folle ne résisterait pas, qu'elle leur reviendrait plus sage, plus protectrice, plus *cossue* enfin, selon son expression faubourienne, et alors on verrait cascader de nouvelles splendeurs. Sangdieu ! Les millions se figerait autonr du petit comme la gelée autour d'une daube ; il porterait tout les jours des habits de noce ; elle traînerait, dans ses cuisines nauséabondes, des robes de moire. Il serait monsieur, elle serait madame !

La lettre contenait peu de phrases, mais elle expliquait une foule de choses très clairement :

« Viens, avait écrit la fille avec des fautes d'orthographe et de l'encre bleue. Viens ! chère femme de ton petit Jacques... Je me languis sans toi... nous avons fini les trois cents francs, et j'ai été obligé de faire vendre par Marie un pot qui avait un serpent dessus. C'est triste de se voir si vite abandonné quand on a goûté le ciel... Tu me com-

prends, n'est-ce pas ? Je crois que je vais tomber
malade. Pour ma sœur, elle tousse toujours.

« Ton amour jusqu'à plus soif,

« JACQUES. »

Et, après avoir terminé ce chef-d'œuvre, Marie,
malgré la mine bouleversée de son frère, était partie pour l'avenue des Champs-Elysées. Cet idiot
ne saurait jamais prendre son rôle au sérieux. Heu-
reusement qu'elle mettait son expérience du corps
humain à sa disposition, et elle savait, dans les cas
importants, comment *on fait des chatouilles* sous
la mamelle gauche d'un amoureux ou d'une amoureuse.

Il pleuvait, ce jour-là, une pluie de mars lente
et pénétrante ; on enfonçait dans toutes les allées
de l'avenue. Marie avait voulu faire l'économie
d'une voiture, aussi elle ne tarda pas à être écla-
boussée depuis les bottines jusqu'au chapeau.

Arrivée devant l'hôtel, ce grand bâtiment de
sombre aspect, elle se demanda si on n'allait pas
la fourrer dehors, dès son apparition dans le vestibule. Elle trouva, en haut du perron, un gros
suisse et un petit chien. Le premier prit la lettre,
le second grogna.

— Voulez-vous voir mademoiselle ou madame ?

— Mademoiselle.

— Eh ! Pierrot, une particulière qui veut cirer

l'escalier à sa façon, cria le suisse à un groom microscopique passant dans le vestibule.

C'était, en effet, fort drôle ; mais le groom, attaché au service spécial de mademoiselle, eut une grimace d'homme fait qui croit tout possible, même en temps de pluie.

— C'est bon, je vais voir. Attendez là.

Il désigna une banquette. Marie ne s'assit pas et dit grossièrement :

— Je ne pose pas dans l'antichambre, moi. Est-ce que vous me prenez pour une ancienne concierge, espèce de singe ?

Le groom tourna sur ses talons, ahuri, et, en domestique stylé, il murmura :

— Quelqu'un d'influent ! car les costumes perdent de plus en plus leur signification sous la république.

Mademoiselle était dans un boudoir attenant à sa chambre. Lorsque Mme Elisabeth sortait, Raoule recevait chez elle ceux qui venaient, des deux sexes. Ce boudoir donnait sur une serre, dont elle avait fait son cabinet de travail. Au moment où le groom fit irruption, un homme se promenait dans la serre à pas précipités, tandis que Mlle de Vénérande, étendue sur une causeuse créole, se balançait, riant aux éclats.

— Vous me damnez, Raoule, répétait l'homme, jeune encore, de physionomie brune à la slave, mais éclairée d'une vivacité toute parisienne. Oui ! vous me damnez, en admettant que je puisse avoir

déjà mérité le ciel... Rire n'est pas répondre... Je
vous affirme qu'une femme ne vit pas sans amour,
et vous savez que j'entends par amour l'union des
âmes dans l'union des êtres. Je suis franc. Je n'en-
tortille jamais une phrase sensée de jolies fadeurs,
comme on entoure de confitures un remède amer...
Je vous déclare ça brusquement, d'une façon hus-
sarde, et, quand j'aperçois le fossé, je ne m'attarde
pas à effeuiller des marguerites. Hop ! je presse
l'éperon et vous envoie toute la charge, Raoule de
Vénérande, *mon cher ami !* ne vous mariez pas,
soit ! mais prenez un amant : c'est nécessaire à
votre santé.

— Bravo ! monsieur de Raittolbe ! Je parie
même que ma santé ne sera vraiment tout à fait
florissante que si l'amant est un officier de hussards, brun, ayant le parler franc, le regard
effronté, le ton autoritaire ?

— Ma foi, je l'avoue, je vais plus loin... je pro-
pose le hussard en question pour mari... Au choix !
ancienneté ou services exceptionnels ! Nous sommes cinq qui depuis trois ans vous faisons une cour
échevelée. Le prince Otto, le mélomane, est devenu
fou et a mis, paraît-il, votre portrait en pied dans
une chapelle ardente, où brûlent, autour d'un lit
de repos, des cierges de cire jaune... et là, il sou-
pire de l'aurore au crépuscule. Flavien, le journaliste, passe dans ses cheveux une main tremblante
dès qu'on prononce votre nom. Hector de Servage,
après le congé en bonne forme donné par votre

tante, est allé en Norvège essayer des réfrigérants.
Votre maître d'escrime a failli se passer une de
ses meilleures épées au travers des côtes. Donc,
votre humble serviteur demeurant seul... avec
l'honneur de vous tenir l'étrier pour les prome-
nades au Bois, j'imagine que vous le devez contem-
pler d'un moins mauvais œil, et il présente sa can-
didature. Voulez-vous, Raoule, que nous abritions
notre amitié dans une alcôve conjugale ? Elle y
sera plus au chaud...

Raoule, se levant, allait rejoindre M. de Raittolbe quand le groom entra.

— Mademoiselle, voici une lettre pressée.

Elle se retourna.

— Donne.

— Vous permettez ? ajouta-t-elle en s'adressant
au hussard qui cassait une plante du Japon en
petits morceaux pour tâcher d'écouler sa rage. Il
tourna le dos, furieux, sans lui répondre. C'était
la millième fois que cette conversation se brisait
juste à l'endroit le plus intéressant.

M. de Raittolbe, peu patient, alluma sournoi-
sement un cigare, et enfuma toute une bordure
d'azalées, en jurant qu'il ne reviendrait jamais
chez cette hystérique, car, selon ses idées, on ne
pouvait qu'être hystérique dès qu'on ne suivait
pas la loi commune.

Raoule, lisant, avait pâli.

— Mon Dieu ! murmura-t-elle, il veut de l'argent ; je suis tombée dans la boue !

— Faites entrer cette pauvre créature, reprit-elle d'un ton dégagé, je tiens à lui donner tout de suite ce qu'elle désire.

— Et à me refuser l'explication que je demande, grommela l'officier hors de lui.

Tranquillement, Raoule l'enferma dans la serre et revint s'asseoir, pâle comme une morte. Son front se baissa, elle incrusta ses ongles longs dans le papier couvert d'encre bleue.

— De l'argent ! oh ! non, je ne succomberai pas ! Je lui enverrai ce qu'il veut, sans aller le tuer !... Est-ce sa faute ? Est-ce que l'homme du peuple, parce qu'il sera beau, devra aussi ne pas être abject ? Allons ! ce calice a bien fait de s'offrir : je ne le repousse pas... au contraire, je vais y puiser une nouvelle vie.

La toux gutturale de Marie Silvert lui fit redresser la tête. Raoule se mit debout, tout à coup, menaçante et plus hautaine qu'une déesse parlant dans l'empyrée.

— Combien ? dit-elle, en déployant derrière elle l'immense traîne de sa robe de velours.

Marie acheva sa quinte... elle ne s'attendait pas à ce mot-là tout de suite... Diable ! ça se gâtait... on aurait pu commencer plus en douceur, par le sentiment, les questions tendres... Un caprice, ça se mijote comme un ragoût, et on ajoute le poivre à la dernière heure.

— Vous savez ? le petit s'ennuie, déclara-t-elle

avec un sourire plein de sous-entendus malpropres.

— Combien ? répéta Raoule, saisie d'une colère aveugle, cherchant des yeux un couteau.

— Ne vous fâchez pas, mademoiselle, l'argent est une manière de parler dans sa lettre ; il voudrait surtout vous voir, l'enfant... C'est un bébé jamais raisonnable, un pleurnicheur trop sensible ! Il s'est figuré que votre béguin était déjà envolé, et, va te faire lanlaire ? tous mes compliments sont perdus. S'il ne vous revoit pas, il se fera périr, j'en ai une peur terrible. Ce matin, en regardant son verre, il me disait qu'il lui servirait bientôt de poison. Pauvre chat ! si ça ne brise pas l'âme ! A son âge. Et si blond ! si blanc ! Enfin, vous le connaissez ? Alors, j'ai mis ma jupe des dimanches... Ne laisse pas agoniser ton frère, que je me suis dit. Et me voilà ! Pour l'argent, on est pauvre, mais on est fier. Nous en causerons après !...

Elle frottait son pied sur le tapis du boudoir, éprouvant une joie intime à salir un peu *la haute*, et elle secouait son parapluie déteint, dont elle n'avait pas voulu se séparer.

Raoule marcha droit au bonheur-du-jour qui se trouvait en face d'elle ; d'un revers de main, elle écarta la fille comme on jette de côté une loque, lorsqu'elle va vous cingler la figure.

— J'ai mille francs, là... je vous en enverrai mille autres, ce soir... mais ne restez pas une

seconde de plus... je ne connais pas votre frère...
j'ignore où il demeure... vous... je ne sais pas votre
nom. Prenez et sortez !

Elle posa les billets sur un fauteuil, lui faisant
signe de les y prendre. Ensuite, elle sonna...

— Jeanne, dit-elle à la femme de chambre, re-
conduisez madame.

— Ah ! mais... gronda la fleuriste stupéfaite.

Elle fut emmenée, presque à bras tendus, par
Jeanne. Le poing du suisse la lança dans l'avenue,
et le petit chien, descendant le perron, appuya
de quelques hurlements aigus.

— Vous vous ennuyez, Raittolbe ? interrogea
Raoule, rentrant souriante dans la serre.

— Mademoiselle, riposta Raittolbe au comble
de l'impatience, vous êtes un agréable monstre,
mais l'étude du fauve n'a de charmes réels qu'en
Algérie... Alors je vous fais mes adieux, ce soir ;
demain matin, je mets à la voile pour Constantine.
Vous tienne l'étrier qui voudra. Pour moi, je ne
tiens plus.

— Ah ! ah ! il me semblait cependant que vous
m'aviez offert, tout à l'heure, votre nom !...

Raittolbe serra les poings.

— Quand on pense que j'ai donné ma démis-
sion pour chasser le tigre ! continua-t-il ne l'écoutant même pas.

— ... Que vous m'avez très carrément demandée
en légitime mariage !...

— ... Pour chasser le tigre dans le parc de Vénérande, un tigre affublé d'une amazone...

— ... Sans passer par ma tante et les lois de l'éti-
quette, monsieur !

— ... Je me trouve grotesque, mademoiselle !

— C'est mon avis, ajouta philosophiquement
Raoule.

Le baron de Raittolbe resta court. Ils se regar-
dèrent un instant, puis se mirent à rire aux éclats.

Enhardi, le jeune homme s'empara des mains
de la jeune femme : ils allèrent s'asseoir sur un
divan de la serre, un magnolia derrière leurs
épaules.

— Ecoutez, l'amour sincère ne peut jamais être
grotesque. Raoule, je vous aime sincèrement.

Il se pencha. Ses prunelles, un peu moqueuses,
s'emplirent d'une humidité qu'un simple effort
des nerfs de la face y faisait monter, et non la
tendresse dont il voulait l'entretenir, puis il lui
baisa les doigts un à un, s'arrêtant pour la regarder entre chaque caresse.

— Raoule.. je vous ai abandonné mon cœur...
je ne m'en irai pas sans vous le reprendre, et
comme je l'ai placé très près du vôtre, j'espère
que vous vous tromperez... deux cœurs de garçon,
deux cœurs de hussard doivent être du même rouge... Rendez-moi le vôtre... gardez le mien... Dans
un mois, nous chasserons ensemble de vrais lions
dans une véritable Afrique.

— J'accepte ! répondit Raoule.

Et son regard sombre, qui ne savait pas pleurer, eut une tristesse morne.

— Vous acceptez, quoi ?... fit Raittolbe la poitrine oppressée.

La jeune femme, avec une dignité suprême, repoussa ses mains tendues.

— De vous avoir pour amant, mon cher, vous ne serez pas le premier et je suis *honnête homme !*...

— Je le savais, répliqua doucement Raittolbe ; à présent, je crois que je vous adore !

Le soir, le jeune officier dîna à l'hôtel de Vénérande. Il fut pour la tante Elisabeth le plus courtois des chevaliers. Il développa une tirade sur la dévotion qui aveugle la femme sur les misères humaines et l'élève au-dessus de la terre impure. Tante Elisabeth avoua que les hussards étaient de bons enfants. En prenant congé, Raittolbe glissa un mot à l'oreille de Raoule.

— J'attends...

— Demain, murmura-t-elle, hôtel Continental. Mon coupé brun entrera par la porte de gauche vers dix heures du matin.

— Il suffit.

Et le viveur se retira calmé.

Le lendemain, le coupé brun fut commandé vers dix heures et Raoule se jeta dans la voiture avec une gaieté fébrile. Certes, il en serait ainsi, elle se l'était juré et puisqu'*il* se trouvait, au demeurant, mieux que les autres, il l'amuserait peut-être davantage. Une erreur des sens n'est pas l'épanouissement d'une âme, et la beauté d'une forme humaine n'est pas capable d'inspirer le désir de s'attacher à elle par une éternité de folie.

Elle chantait en boutonnant ses gants. La glace du coupé lui renvoyait son image, son corsage ruisselant de dentelles allait bien, elle se sentait *femme* jusqu'au plaisir.

— Mademoiselle veut-elle entrer ? dit le cocher se penchant à la vitre au bout d'une course rapide.

— Non ! Arrêtez, quand je serai descendue vous entrerez par la porte de gauche et m'y attendrez jusqu'au soir !...

La voix de Raoule était devenue sifflante. Elle descendit, avisa un fiacre stationnant, s'y précipita.

— Notre-Dame-des-Champs, boulevard Montparnasse ! dit-elle pendant que l'autre voiture, vide, se dirigeait, selon ses ordres, vers la porte, à gauche.

Durant tout le chemin, elle n'y avait pas songé, et, une fois en présence du sacrifice, le corps, qui ne s'appartenait plus, venait de se révolter. Raoule avait cédé sans aucune contestation.

L'atelier du boulevard Montparnasse lui parut lugubre en arrivant, mais dans le fond s'ouvrait la chambre à coucher toute bleue comme un coin du ciel. Marie Silvert se retira dès que Raoule en eut dépassé le seuil.

— Tiens, fit-elle, nous allons régler nos petites

affaires après déjeuner. Ce sera chaud, je t'en
réponds, drôlesse !

Mlle de Vénérande, pour s'isoler, détacha les portières épaisses.

— Jacques ! appela-t-elle durement.

Il se mit la figure dans son traversin, ne voulant
pas croire à cet excès d'infamie.

— Je n'ai pas écrit la lettre ! cria-t-il, je vous
l'assure, je n'aurais pas osé. D'ailleurs, je veux
m'en aller, je suis malade. On me rend malade
pour me forcer à rester dans ce lit... Marie est
capable de tout, je la connais ! Vous !... je ne peux
pas vous souffrir !...

Son énergie épuisée, il reglissa au plus profond
de ses couvertures, se repliant sur lui-même
comme un animal battu.

— Bien vrai ? demanda Raoule, secouée par un
frisson délicieux.

— Oui, bien vrai !

Il remonta au jour sa tête ébouriffée, tandis que
son admirable teint de blond prenait une nuance
rose.

— Alors, pourquoi l'avoir laissé partir, cette
lettre ?

— Je ne savais pas, moi ! Marie me certifiait
que j'avais la fièvre, *sa fièvre*. Elle m'a donné une
drogue et j'ai eu le délire toutes les nuits, elle
disait que c'était de la quinine ; je l'aurais bien
retenue, seulement la poigne m'a manqué. Ah !

vous pouvez le remballer votre atelier de malheur !
Dieu de Dieu !...

Essoufflé, il essaya de s'asseoir sur son séant,
ce qui fit que Raoule s'aperçut d'une chose étrange : il avait une chemise de femme, une chemise
garnie d'un feston.

— C'est elle aussi qui t'arrange de la sorte ? dit
Raoule en touchant le feston sur son cou.

— Vous croyez que j'ai du linge ? Il y a longtemps que mes lambeaux sont loin. J'avais froid,
on m'a collé ça sur la peau... Est-ce que je sais si
c'est une chemise de femme, moi !...

— Oui, c'en est une, Jacques !

Ils s'envisagèrent un instant, se demandant s'il
fallait rire de l'aventure.

Marie cria du fond de l'atelier :

— Je vais mettre deux couverts, n'est-ce pas ?...

Alors, acquiesçant à tout pour avoir la paix dans
sa honte qui commençait à la griser, Raoule de
Vénérande ferma la porte au verrou pendant que
Jacques se décidait à rire de bon cœur. Puis elle
revint, hésitante, vers le lit. Il avait un rire d'enfant très doux et bête à ravir, un rire plein de
grâces, provocant, vous donnant de mauvais frissons. Elle ne cherchait pas à s'expliquer la force
émanant de cette bêtise, elle s'en laissait envelopper comme le noyé se laisse envelopper par la
vague après ses dernières luttes et s'abandonne
pour toujours au courant. Elle écarta un peu la

draperie bleue afin de mettre en lumière la tête du jeune homme.

— Tu es malade ? fit-elle machinalement.

— Je ne le suis plus, puisque je vous vois !... répondit-il d'un air vainqueur.

— Veux-tu me faire un plaisir, Jacques ?

— Tous les plaisirs, mademoiselle !

— Eh bien ! tais-toi. Je ne viens pas ici pour t'entendre.

Il se tut, assez vexé, se disant que le compliment sans doute n'avait pas paru neuf à cette renchérie. Les femmes du vrai monde sont gênantes dans l'intimité, et, pour un début, il tâtonnait beaucoup trop, il en avait conscience.

— Je vais dormir ! déclara-t-il tout à coup, ramenant son drap jusqu'à son nez.

— C'est cela ! Dors, murmura Mlle de Vénérande. Sur la pointe des pieds, elle alla faire glisser les stores, puis alluma une veilleuse dont le cristal dépoli laissa tomber une nuée dans l'atmosphère.

De temps en temps, Jacques levait les cils, et ces choses discrètement accomplies par cette femme svelte, toute noire, lui donnaient une confusion atroce.

Enfin, elle se rapprocha tenant une petite boîte d'écaille à la main.

— Je t'ai apporté, dit-elle avec un sourire maternel, un remède qui ne ressemble pas du tout à la quinine de ta sœur. Tu vas le prendre pour dormir plus vite !...

Elle mit son bras autour de sa tête et une cuiller de vermeil à portée de sa bouche.

— Soyons sage !... fit-elle en plongeant son regard sombre dans le sien.

— Je ne veux pas ! déclara-t-il d'un accent de colère.

Il se souvenait maintenant d'avoir acheté sur les quais, en un jour de liesse, un méchant livre de vingt-cinq centimes, intitulé : *Les exploits de la Brinvilliers*, et c'était toujours avec une idée d'empoisonnement qu'il pensait aux amours des grandes dames. Son cerveau, un peu affaibli, se retraça, tout de suite, une tentative criminelle faite par une cagoule de velours sur un monsieur déshabillé. Il vit le monsieur repoussant une tasse d'un geste tordu. Raoule voulait sûrement se débarrasser de lui, il y a des créatures qui ne reculent devant rien quand elles se croient compromises ! Aussi Jacques posa-t-il le poing en avant, prêt à l'écraser à son premier mouvement offensif. Pour toute réponse, Raoule mordit du bout des dents au contenu de sa cuiller.

— Je ne suis pas un nourrisson ! fit-il désorienté. On n'a pas besoin de me mâcher les morceaux !

Et il avala sans sourciller ce remède verdâtre, au goût de miel. Raoule s'assit sur le rebord du lit tenant ses deux mains et lui souriant d'un sourire à la fois heureux et navré.

— Mon amour, murmura-t-elle si bas que

Jacques entendait comme on entend du fond d'un abîme, nous allons nous appartenir dans un pays étrange que tu ne connais point. Ce pays est celui des fous, mais il n'est pourtant pas celui des brutes... Je viens te dépouiller de tes sens vulgaires pour t'en donner d'autres plus subtils, plus raffinés. Tu vas voir avec mes yeux, goûter avec mes lèvres. Dans ce pays, on rêve, et cela suffit pour exister. Tu vas rêver, et tu comprendras alors, quand tu me reverras, dans ce mystère, tout ce que tu ne comprends pas quand je te parle ici ! Va ! je ne te retiens plus et j'unis mon cœur à tes plaisirs !...

Jacques, la tête renversée, tâchait de ressaisir ses mains. Il croyait rouler, peu à peu, dans une ondée de plumes. Les rideaux prenaient des contours fluides et les glaces de la chambre, se multipliant, lui renvoyaient mille fois la silhouette d'une femme noire, immense, planant comme un génie carbonisé qu'on précipite de toute la hauteur des cieux. Il tendait tous ses muscles, raidissait tous ses membres, voulant revenir, malgré lui, à la dépouille vulgaire qu'on lui retirait, mais il s'enfonçait de plus en plus. Le lit avait disparu, son corps aussi. Il tournoyait dans le bleu, il se transformait en un être semblable au génie planant. Il avait cru tomber d'abord, et, au contraire, il se trouvait bien au-dessus de ce monde. Il avait, sans explication possible, la sensation orgueilleuse de Satan qui, tombé du Paradis, domine pourtant la terre et a, en même temps, le front sous les pieds de Dieu, les pieds sur le front des hommes !

Il lui paraissait vivre ainsi depuis de longs siècles, avec la femme noire, lui, tout resplendissant d'une nudité lumineuse.

A son oreille, bruissaient les chants d'un amour étrange n'ayant pas de sexe et procurant toutes les voluptés. Il aimait avec des puissances terribles et la chaleur d'un soleil ardent. On l'aimait avec des ivresses effrayantes et une science si exquise que la joie renaissait au moment de s'éteindre.

L'espace, devant eux, s'ouvrait infini, toujours bleu, toujours miroitant... ; là-bas, dans le lointain, une sorte d'animal étendu les contemplait d'un air grave...

Jacques Silvert ne sut jamais comment il fit, à cet instant de bonheur presque divin, pour se lever. En revenant à lui, il se trouva debout, le talon posé nerveusement sur le crâne du grand ours qui lui servait de descente de lit. Il avait les yeux égarés dans une glace de Venise et la chambre était très silencieuse. Derrière la portière une voix demanda :

— Voulez-vous dîner, mademoiselle ?

Jacques aurait certifié qu'il n'y avait pas une minute qu'on avait demandé : Voulez-vous déjeuner ?...

Il s'habilla à la hâte, mouilla ses tempes avec une éponge imbibée de vinaigre de toilette et balbutia :

— Où est-elle ? Je ne veux pas qu'elle s'en aille !

— Me voici, Jacques ! répondit-on. Je ne t'ai pas quitté, car tu avais encore le délire.

Raoule parut, soulevant la draperie qui masquait la salle de bains. Elle était toujours svelte, très noire. Ses doigts rattachaient à son cou le fermoir d'un collier.

— Ce n'est pas vrai ? cria Jacques frémissant. Je n'ai pas eu le délire. Je n'ai pas rêvé. Pourquoi me mens-tu ?

Raoule lui prit les épaules et le fit fléchir sous une impérieuse pression.

— Pourquoi Jacques Silvert me tutoie-t-il ? Le lui ai-je permis ?

— Oh ! je suis brisé ! répéta Jacques essayant de se redresser. On ne se moque pas ainsi d'un homme quand il est malade, Raoule ! Je ne vous tutoierai plus... Raoule ! je t'aime !... Ah ! je crois que je vais mourir !...

Divaguant, affolé, il se cacha dans les bras de Raoule.

— Est-ce que c'est fini ? ajouta-t-il en pleurant, est-ce que c'est tout à fait fini ?...

— Je te répètes que tu as... rêvé. Voilà tout.

Et elle le repoussa, gagnant l'atelier sans vouloir en entendre davantage.

— Mademoiselle est servie ! déclara Marie Silvert lui tirant une révérence comme si rien ne devait étonner cette fille. Raoule alla vers la table, sur laquelle fumait un plat, et déposa, à côté d'une serviette roulée, une pile de pièces d'or.

— C'est son couvert, je crois ? dit-elle d'un ton très calme et en regardant Marie qui ne bronchait pas.

— Oui, je vous ai mis l'un devant l'autre.

— C'est bien, répliqua Raoule de la même voix indifférente, je vous souhaite, *à tous les deux*, le meilleur des appétits !

Et elle sortit, en remettant son gant.

CHAPITRE V

Raittolbe, finissant par comprendre que Mlle de Vénérande avait simplement envoyé au rendez-vous du Continental une voiture vide, allait se retirer après neuf heures d'une attente rageuse quand, du côté de la porte de droite, un fiacre fit irruption ; Raoule en descendit la voilette baissée, un peu inquiète, tâchant de voir sans être vue.

Le baron se précipita, stupéfait de cette audace.

— Vous ! exclama-t-il. C'est trop fort ! Une voiture jaune au lieu d'une voiture brune, et par la porte de droite au lieu de celle de gauche. Que signifie une semblable mystification ?

— Rien ne doit vous étonner, puisque je suis femme, répondit Raoule riant d'un rire nerveux. Je fais tout le contraire de ce que j'ai promis. Quoi de plus naturel ?

— Oui, en effet, quoi de plus naturel ! On torture un pauvre soupirant, on lui donne à supposer des choses horribles, comme un accident, une trahison, un repentir tardif, une scène de famille

ou une mort subite, puis on lui dit tranquillement :
Quoi de plus naturel ? Raoule, vous mériteriez la
salle de police. Moi qui croyais que Mlle de Vénérande était la loyauté poussée jusqu'à l'extrava-
gance ! Ah ! je suis furieux !

— Vous allez me reconduire chez moi, dit la
jeune femme, ne perdant pas son sourire. Nous
dînerons sans ma tante, qui se livre à une foule
de dévotions nocturnes, ces temps-ci, et en dînant
je vous expliquerai...

— ... Parbleu ! Vous vous êtes moquée de moi.
J'en suis sûr.

— Montez d'abord, je vous jure de tout éclair-
cir ensuite, car je mérite ma réputation de loyauté,
mon cher. Je pourrais vous cacher la situation,
je ne vous cacherai rien. Qui sait ! (et elle eut une
expression tellement amère qu'elle apaisa Raittolbe). Qui sait si mon histoire ne vaudra pas ce que
vous n'avez pas eu aujourd'hui !

Il monta dans le coupé brun, très boudeur, la
moustache hérissée, les yeux ronds comme un
dompteur intimidé par son élève.

Durant le trajet, il n'entama aucune discussion ;
l'*histoire* lui paraissait même peu nécessaire puisqu'il allait dîner sous le toit de Raoule. Il savait
que chez elle, et il n'était pas seul à le savoir, la
nièce de Mme Elisabeth demeurait une vierge inat-
taquable, une sorte de déesse se permettant tout
du haut d'un piédestal qu'on n'osait point renver-
ser. Il marchait donc au supplice sans le moindre

enthousiasme. Raoule rêvait, les paupières mi-
closes, regardant, à travers la nuit qu'elle faisait
autour d'elle, une chose très blanche, ayant tous
les contours d'un corps humain.

Arrivée à l'hôtel, elle fit porter une table servie
dans sa bibliothèque, et, pendant qu'on mettait
aux mains d'un esclave de bronze une lampe étrus-
que, elle s'assit sur un divan, en priant le baron
d'attirer pour lui un fauteuil capitonné, cela si
gracieusement, que Raittolbe se sentit très capable
d'étrangler son amphitryon avant de toucher au
potage.

Les mets, une fois disposés sur deux servantes
garnies de réchauds, Raoule déclara qu'on n'avait
plus besoin de valet de chambre.

— Nous serons régence, n'est-ce pas ? dit-elle.

— Comme vous voudrez ! gronda le baron d'un
ton sourd.

Un feu vif flambait dans la cheminée blasonnée
de la pièce qui, toute tendue de tapisseries à personnages, transportait ses hôtes à quelques siècles
en arrière, au temps où le souper du roi émergeait
du sol dès qu'il frappait le sol de la poignée de son
épée. Un panneau représentait Henri III distri-
buant des fleurs à ses mignons. Près de Raoule se
dressait le buste d'un Antinoüs couronné de pam-
pres, ayant des yeux d'émail luisants de désirs.

Le long des reliures sombres des livres étagés
par centaines, voltigeaient des noms profanes,
Parny, Piron, Voltaire, Boccace, Brantôme, et, au

centre des ouvrages avouables, s'ouvraient les bat-
tants d'un bahut incrusté d'ivoire qui recélait,
entre ses rayons doublés de velours pourpre, les
ouvrages inavouables.

Raoule prit une aiguière et se versa une coupe
d'eau pure.

— Ami, dit-elle d'un accent où frémissait à la
fois une gaieté forcée et une passion contenue, je
vais m'enivrer, je vous préviens, car mon récit ne
peut pas être fait d'une manière raisonnable, vous
ne le comprendriez pas !

— Ah ! très bien ! murmura Raittolbe, alors
je vais tâcher de conserver toute ma raison, moi !

Et il vida dans un hanap ciselé un flacon de
sauterne. Ils s'examinèrent un moment. Pour ne
pas éclater de colère, Raittolbe fut obligé de se
dire que Mlle de Vénérande avait le plus beau des
masques de Diane chasseresse.

Quant à Raoule, elle ne voyait pas son vis-à-vis.
L'ivresse dont elle parlait lui emplissait déjà les
prunelles, ses prunelles injectées d'or.

— Ami, dit-elle brusquement, *je suis amoureux !*

Raittolbe fit un saut, posa son hanap et riposta
d'un ton étranglé :

— Sapho !... Allons, ajouta-t-il avec un geste
ironique, je m'en doutais. Continuez, monsieur de
Vénérande, continuez, *mon* cher ami !

Raoule eut, au coin des lèvres, un pli dédai-
gneux !

— Vous vous trompez, monsieur de Raittolbe ; être Sapho, ce serait être tout le monde ! Mon éducation m'interdit le crime des pensionnaires et les défauts de la prostituée. J'imagine que vous me mettez au-dessus du niveau des amours vulgaires. Comment me supposez-vous capable de telles faiblesses ? Parlez sans vous inquiéter des convenances..., je suis ici chez moi.

L'ex-officier des hussards essayait de tordre sa fourchette. Il voyait bien, en effet, qu'il s'était laissé choir la tête la première dans l'antre du sphinx. Il s'inclina gravement.

— Où diable avais-je l'esprit ? Ah ! mademoiselle. J'oubliais le *Homo sum* de Térence !

— Il est certain, monsieur, reprit Raoule haussant les épaules, que j'ai eu des amants. Des amants dans ma vie comme j'ai des livres dans ma bibliothèque, pour savoir, pour étudier... Mais je n'ai pas eu de passion, je n'ai pas écrit mon livre, moi ! Je me suis toujours trouvée seule, alors que j'étais deux. On n'est pas faible, quand on reste maître de soi au sein des voluptés les plus abrutissantes. Pour présenter mon thème psychologique sous un jour plus... Louis XV, je dirai qu'ayant beaucoup lu, beaucoup étudié, j'ai pu me convaincre du peu de profondeur de mes auteurs, classiques ou autres ! A présent, mon cœur, ce fier savant, veut faire son petit Faust... il a envie de rajeunir, non pas son sang, mais cette vieille chose qu'on appelle l'amour !

— Bravo ! fit Raittolbe, convaincu qu'il allait assister à une évocation magique et voir une sorcière s'élancer du bahut mystérieux. Bravo ! je vous aiderai, si je puis ! Prêt à toute heure, vous savez ! Moi aussi, je suis fatigué de cet éternel refrain qui accompagne des procédés fort usés. Mon petit Faust, je bois à une invention nouvelle et ne demande qu'à payer le brevet. Sacrebleu ! Un amour tout neuf ! Voilà un amour qui me va ! Pourtant, une simple réflexion, Faust. Il me semble que chaque femme doit, à ses débuts, penser qu'elle vient de créer l'amour, car l'amour n'est vieux que pour nous, philosophes ! Il ne l'est pas encore pour les pucelles ! Hein ? Soyons logiques !

Elle eut un mouvement d'impatience.

— Je représente ici, dit-elle, en enlevant d'un réchaud une timbale d'écrevisses, l'élite des femmes de notre époque. Un échantillon du féminin artiste et du féminin grande dame, une de ces créatures qui se révoltent à l'idée de perpétuer une race appauvrie ou de donner un plaisir qu'elles ne partageront pas. Eh bien ! j'arrive à votre tribunal, députée par mes sœurs, pour vous déclarer que toutes nous désirons l'impossible, tant vous nous aimez mal.

— Vous avez la parole, mon cher avocat, appuya Raittolbe, s'animant sans rire. Seulement je déclare, moi, ne pas vouloir être juge et partie. Mettez donc votre discours à la troisième personne : *Tant ils nous aiment mal...*

— Oui, continua Raoule, brutalité ou impuissance. Tel est le dilemme. Les brutaux exaspèrent, les impuissants avilissent et *ils* sont, les uns et les autres, si pressés de jouir, qu'*ils* oublient de nous donner, à nous, leurs victimes, le seul aphrodisiaque qui puisse les rendre heureux en nous rendant heureuses : l'*Amour !*...

— Tiens ! interrompit Raittolbe, hochant le front. L'amour aphrodisiaque pour l'amour ! très joli ! J'approuve. La cour est de votre avis !

— Dans l'Antiquité poursuivit l'impitoyable défenderesse, le vice était sacré parce qu'on était fort. Dans notre siècle, il est honteux parce qu'il naît de nos épuisements. Si on était fort, et si, de plus, on avait des griefs contre la vertu, il serait permis d'être vicieux, en devenant créateur, par exemple. Sapho ne pouvait pas être une *fille*, c'était bien plutôt la vestale d'un feu nouveau. Moi, si je créais une dépravation nouvelle, je serais prêtresse, tandis que mes imitateurs se traîneraient, après mon règne, dans une fange abominable... Ne vous paraît-il point que les hommes orgueilleux, en copiant Satan, sont bien plus coupables que le Satan de l'Ecriture qui invente l'orgueil ? Satan n'est-il pas respectable par sa faute même, sans précédent et émanant d'une réflexion divine ?...

Raoule, surexcitée par une émotion poignante, s'était levée, sa coupe remplie d'eau pure à la main.

Elle avait l'air de porter un toast à l'Antinoüs penché sur elle.

Raittolbe se leva aussi, en remplissant son hanap de champagne glacé. Plus ému qu'un hussard ne l'est d'habitude, après son dixième verre, mais plus courtois que ne l'eût été un viveur en pareil cas, il s'écria :

— A Raoule de Vénérande, le Christophe Colomb de l'amour moderne !...

Puis, se rasseyant :

— Avocat, venez au fait, car je sais que vous êtes *amoureux*, et j'ignore pourquoi vous m'avez trahi !...

Raoule reprit douloureusement :

— Amoureux fou ! Oui ! Déjà, je prétends élever un autel à mon idole, quand j'ai l'assurance de ne jamais être compris !... Hélas ! une passion contre nature qui est en même temps un véritable amour peut-elle devenir autre chose qu'une affreuse folie ?...

— Raoule, dit le baron de Raittolbe avec effusion, je suis persuadé, certainement, que vous êtes folle. Mais j'espère vous guérir. Racontez-moi le reste, et apprenez-moi comment, sans imiter Sapho, vous êtes amoureux d'une jolie fille quelconque ?

Le visage pâle de Raoule s'enflamma.

— Je suis *amoureux* d'un homme et non pas d'une femme ! répliqua-t-elle, tandis que ses yeux assombris se détournaient des yeux brillants de l'Antinoüs. On ne m'a pas aimée assez pour que j'aie pu désirer reproduire un être à l'image de l'époux... et on ne m'a pas donné assez de jouissances pour que mon cerveau n'ait pas eu le loisir de chercher mieux... J'ai voulu l'*impossible*... Je le possède... C'est-à-dire non, je ne le posséderai jamais !...

Une larme, dont la clarté humide devait avoir ravi des lueurs aux Edens d'antan, coula sur la joue de Raoule. Quant à Raittolbe, il ouvrit les bras et les agita en signe de complet désespoir.

— Elle est *amoureux* d'un... hom... me ! Dieux immortels ! s'exclama-t-il, prenez pitié de moi ! Je crois que ma cervelle s'écroule !

Il y eut un moment de silence ; puis, très lentement, très naturellement, Raoule lui raconta sa première entrevue avec Jacques Silvert, de quelle façon le caprice avait pris les proportions d'une passion fougueuse, et de quelle façon elle avait acheté un être qu'elle méprisait comme homme et adorait comme *beauté*. (Elle disait : beauté, ne pouvant pas dire : *femme*.)

— Un homme semblable peut-il exister ? balbutia le baron abasourdi, entraîné dans une région inconnue où l'inversion semblait être le seul régime admis.

— Il existe, mon ami, et ce n'est pas même un hermaphrodite, pas même un impuissant, c'est un beau mâle de vingt et un ans, dont l'âme aux instincts féminins s'est trompée d'enveloppe.

— Je vous crois, Raoule, je vous crois ! et vous ne serez pas sa maîtresse ? demanda encore le viveur, persuadé que l'aventure ne devait pas avoir d'autre issue.

— Je serai son amant, répondit Mlle de Vénérande, qui buvait toujours de l'eau pure et émiettait des macarons.

Raittolbe, cette fois, partit d'un formidable éclat de rire.

— ... Le procédé pour lequel je suis prêt à payer un brevet ? dit-il.

Un regard sévère l'arrêta.

— Avez-vous jamais nié l'existence des martyrs chrétiens, Raittolbe ?

— Ma foi non ! J'ai toujours eu autre chose à faire, ma chère Raoule !

— Niez-vous la vocation de la vierge qui prend le voile ?

— Je me rends à l'évidence. Je possède une cousine charmante aux Carmélites de Moulins.

— Niez-vous la possibilité d'être fidèle à une épouse infidèle ?

— Pour moi, oui, pour un de mes meilleurs camarades, non ! Ah ! ça, cette carafe d'eau est donc enchantée ? Vous me faites peur avec vos questions.

— Eh bien ! mon cher baron, j'aimerai Jacques comme un fiancé aime sans espoir la fiancée morte !

Ils avaient achevé de dîner. Ils repoussèrent la table, qu'un domestique vint enlever discrètement ; puis, côte à côte, ils s'étendirent sur le divan, ayant chacun une cigarette turque à la bouche.

Raittolbe ne pensait pas à la robe de Raoule, et Raoule ne s'occupait pas du tout des moustaches du jeune officier.

— Ainsi, vous l'entretiendrez ? interrogea le baron d'un ton très dégagé.

— Jusqu'à me ruiner ! Je veux qu'*elle soit* heureuse comme *le filleul* d'un roi !

— Tâchons de nous entendre ! Si je suis le confident en titre, mon cher ami, adoptons *il* ou *elle*, afin que je ne perde pas le peu de bon sens qui me reste.

— Soit : *Elle.*

— Et la sœur ?

— Une servante, rien de plus !

— Si l'ancien fleuriste a eu des amourettes, *elle* pourra en avoir de nouvelles ?...

— ... Le haschisch...

— Diable ! Cela se complique. Et si, par extraordinaire, le haschisch ne suffisait pas ?

— Je la tuerais !

Sur ce mot, Raittolbe alla prendre un livre, au hasard, et éprouva le besoin étrange de se faire une lecture à haute voix. Tout à coup, les fumées du champagne aidant, il lui sembla voir Raoule, vêtue du pourpoint de Henri III, offrant une rose à l'Antinoüs. Ses oreilles bourdonnèrent, ses tempes battirent ; puis, s'étranglant sur les lignes qui dansaient devant lui, il débita des énormités à faire dresser les cheveux à tous les hussards de France.

— Taisez-vous ! murmura Mlle de Vénérande rêveuse. Laissez-moi donc la chasteté de mes pensées quand je pense à *elle !*

Raittolbe se secoua. Il vint serrer la main de Raoule.

— Adieu, fit-il doucement. Si je ne me suis pas brûlé la cervelle, demain matin nous irons *la* voir ensemble.

— Votre amitié triomphera, mon ami. Du reste, on ne peut pas aimer d'amour Raoule de Vénérande !...

— C'est juste ! répliqua Raittolbe.

Et il sortit très vite parce que le vertige s'emparait de son imagination.

Avant de regagner sa chambre à coucher, Raoule se rendit chez sa tante. Celle-ci, courbée sur un prie-Dieu monumental, récitait l'oraison de la Vierge :

— Souvenez-vous, ô très douce Vierge Marie, qu'on n'a jamais entendu dire qu'aucun de ceux qui ont eu recours à vous aient été délaissés...

— Lui a-t-on jamais demandé la grâce de changer de sexe ? songea la jeune femme, embrassant la vieille dévote en soupirant.

CHAPITRE VI

La présentation se fit en face d'un chevalet supportant l'ébauche d'un gros bouquet de myosotis.

Jacques avait sa tenue d'atelier : un pantalon de coupe flottante et un veston de molleton blanc.

Il s'était confectionné une cravate de soie en arrachant une des embrasses de ses rideaux, et les joues fraîches, les yeux clairs, il demeurait là très confus de cette visite. Les rêves fabuleux du haschisch, en passant par son organisation primitive, l'avaient entouré d'une pudeur gauche, d'un embarras de lui-même qui se révélaient dans tous ses gestes. On devinait à la langueur de sa pose que ces rêves hantaient son cerveau, le laissant incertain sur la réalité de l'existence féerique qu'on lui faisait mener.

Raoule, cavalièrement, lui frappa sur l'épaule.

— Jacques, dit-elle, je vous présente un de mes amis. Il est amateur de bons dessins, vous pouvez lui montrer les vôtres.

Raittolbe, sanglé dans un costume de cheval, portant un faux col d'ordonnance, reniflait de mauvaise grâce. En entrant, il avait dit : *Peste !* à cause de la somptuosité de l'appartement.

— Oui, mâchonna-t-il, scandalisé maintenant par la beauté trop réelle du fleuriste, j'ai dessiné aussi, mais sur des cartes d'état-major ! Monsieur est peintre de fleurs ?...

Jacques, de plus en plus troublé, jeta un regard de reproche à Mlle de Vénérande.

— J'ai fait des moutons, faut-il les sortir ? demanda-t-il sans répondre directement au baron, dont la cravache le gênait.

Cette soumission inattendue fit frémir Raoule de tout son corps. Elle ne put qu'acquiescer d'un signe de tête. Pendant qu'il allait chercher ses cartons, Marie Silvert, drapée dans une jupe à volants, la mine haute, l'œil cynique, entra par la porte de la chambre à coucher. Elle avait aux doigts des bagues en chrysocale ornées de pierres fausses. Elle s'arrêta court devant Raittolbe et, oubliant la présence *sacrée* de la maîtresse de la maison, elle s'écria :

— Dieu ! Quel garçon chic !

Jacques pouffa de rire, le baron ahuri ouvrit la bouche toute grande et Raoule lança un éclair terrible.

— Ma chère, vous feriez bien de garder vos admirations pour vous, déclara l'ex-officier, désignant Jacques. Il y a ici des gens à qui cela pourrait donner des mauvaises pensées !...

Cette plaisanterie, d'un goût douteux, était pour le frère, mais la sœur crut qu'elle s'adressait à Raoule.

Marie Silvert se fit très humble, prétendant qu'elle n'avait pas été élevée aux *oiseaux*.

— Il est nécessaire, dit Raoule, hautaine, de vous procurer, puisque vous allez mieux, une chambre à côté de l'atelier. Ce sera plus commode pour... Jacques !...

— Mademoiselle sera contentée tout de suite. Je sais bien qu'une servante n'est pas à sa place avec les bourgeois. J'ai loué, hier, un cabinet sur le palier et j'y ai mis un méchant lit de fer.

Jacques n'entendit pas. Il décrochait le tableau des moutons, et la fille se retira à reculons, en répétant à voix basse :

— Le bel homme ! Nom de nom, le bel homme !...

L'incident clos, on s'occupa des dessins du jeune artiste. D'un ton détaché, Raoule raconta comment elle lui avait découvert beaucoup de talent ; avec quelques heures d'étude au Louvre, ses propres leçons, une solennelle tranquillité dans ce quartier perdu, il ferait des merveilles et pourrait concourir ensuite pour le prix du Salon. Jacques souriait de ses dents éblouissantes. Ah ! oui, c'était une noble ambition, la médaille ! Grâce à sa bienfaitrice il

deviendrait célèbre, lui, le pauvre ouvrier toujours
sans travail !

Il parlait avec lenteur, voulant prouver à Raoule
qu'il savait traiter la bonne compagnie. De temps
en temps, il se tournait vers Raittolbe glissant un :
n'est-ce pas, monsieur ? si timide que, de dégoûté
qu'il avait été en arrivant, le baron finissait par
ressentir une compassion immense pour cette p...
travestie.

Raoule, étendue dans une fumeuse, suivait tous
les mouvements de Jacques ; lorsqu'elle lui vit
accepter une cigarette, elle faillit bondir de rage.
Il fumait par petites aspirations comme un enfant
qui craint de se brûler, puis il tenait ça en essayant
des airs canailles.

— Jacques, interrogea Raoule, tu n'as plus la
fièvre ?...

Il posa la cigarette immédiatement et devint
rouge. Alors, elle expliqua à Raittolbe que, si elle
tutoyait Silvert, c'est qu'elle était son aînée et
que, d'ailleurs, l'atelier tolère cette sorte de fami-
liarité entre artistes. Le baron opina du bonnet.
Après tout, puisqu'on voyageait dans la lune... Le
cadre de cette idylle monstrueuse était si sincèrement asiatique, la misère de cette passion infâme
était si adroitement dorée, on avait cloué un tapis
si épais sur la boue que, lui, le viveur, n'était pas
trop fâché d'effleurer ces choses navrantes du bout
de sa cravache !...

Il se compromettait, du reste, la fille de joie et l'amant de cœur à part, en excellente société.

Raittolbe, bien qu'il eût été jusque-là un honnête homme, *avait le siècle*, infirmité qu'il est impossible d'analyser autrement que par cette seule phrase.

Il aurait préféré de beaucoup posséder Raoule par autre chose que par les secrets de sa vie privée ; mais enfin, une belle maîtresse n'est pas rare, tandis qu'on n'a pas toujours l'occasion de faire, sur le vif, l'étude d'une dépravation nouvelle.

Peu à peu, la conversation s'anima. Jacques se laissait gagner par la franchise du baron ; il eut des mots drôles et en vint aux confidences.

— Je parie que ce gamin qui n'a pas la taille pour être soldat nous a eu, en revanche, des grasses histoires de femme ?... risqua Raittolbe, clignant de l'œil.

— Avec sa frimousse ! Sans doute !... ajouta Raoule, qui pétrissait un de ses gants sous ses doigts nerveux.

— Oh ! non..., je vous jure, fit Jacques un peu étonné qu'on lui posât une pareille question dans un pareil lieu. Si j'ai couché dix fois *dehors* (et il rendit à Raittolbe son clignement d'yeux), c'est bien tout, allez !...

Raoule se leva pour corriger l'esquisse du bouquet bleu.

— Pas d'amourette ? Pas d'intrigue ? appuya le baron.

— Il n'est permis d'être amoureux qu'aux riches ! murmura le fleuriste dont la gaieté tomba subitement.

Aux dernières cendres de sa cigarette, après avoir complimenté Jacques sur son beau talent, Raittolbe le salua comme on salue une femme chez elle, c'est-à-dire avec un respect exagéré, puis il prit congé de Raoule en lui disant d'un ton bref :

— Ce soir, aux Italiens, n'est-ce pas ?...

Elle hocha le front, ne se retournant pas, et appela Jacques.

— Tiens, nigaud, dit-elle, le souffletant de ses gants lacérés, tâche de faire vivre tes malheureux myosotis ! Tu te souviens trop de ton ancien métier ! Tu me peins des fleurs en bois !

— Je recommencerai, mademoiselle, car je les destine à votre tante.

— Ma foi, du moment que c'est pour ma tante, tu peux les faire en marbre, si tu veux !

Raittolbe était parti.

— Je te défends de fumer ! s'écria-t-elle, secouant le bras de Jacques.

— Eh bien ! je ne fumerai plus !...

— Et je te défends d'adresser la parole à un homme ici sans ma permission.

Jacques, stupéfait, demeurait immobile, gardant son sourire bête.

Soudain, elle se jeta sur lui, le coucha à ses pieds avant qu'il ait eu le temps de lutter ; puis, prenant son cou que le veston de molleton blanc laissait décolleté, elle lui enfonça ses ongles dans les chairs.

— Je suis *jaloux !* rugit-elle affolée. As-tu compris à présent ?...

Jacques ne bougeait pas, il avait posé ses deux poings crispés, dont il ne voulait pas se servir, sur ses yeux humides.

En sentant qu'elle lui faisait mal, les nerfs de Raoule se détendirent.

— Tu dois t'apercevoir, dit-elle ironiquement, que je n'ai pas, comme toi, des mains de fleuriste et que, de nous deux, le plus homme c'est toujours moi ?

Jacques, sans répondre, la regardait à la dérobée, ayant à chaque coin de ses lèvres un pli amer.

Dans l'inertie qu'on lui imposait, sa beauté féminine ressortait davantage, et de sa faiblesse, devenue peut-être volontaire, émanait une puissance mystérieusement attirante.

— Cruelle !... fit-il très bas.

Raoule saisit un coussin, au hasard, et le mit sous la tête rousse du jeune homme.

— Tu me rends folle ! balbutia-t-elle. Je voudrais t'avoir à moi seule, et tu parles, tu ris, tu écoutes, tu réponds devant les autres avec l'aplomb d'un être ordinaire ! Ne devines-tu pas que ta beauté, presque surhumaine, déprave l'esprit de tous ceux qui t'approchent ? Hier, je voulais t'aimer à ma guise sans t'expliquer mes souffrances ; aujourd'hui, je suis toute hors de moi-même parce qu'un de mes amis s'est assis à côté de toi !...

Elle fut interrompue par de rauques sanglots et porta son mouchoir à son visage, espérant le lui cacher.

Ployée sur les genoux auprès de ce corps étendu, elle avait une fureur d'amant qui brûlait Jacques malgré lui ; alors, il se souleva pour mettre un bras autour de ses épaules.

— Tu m'aimes donc bien ?... demanda-t-il à la fois cynique et doucement câlin.

— A en mourir !...

— Me promets-tu de me donner le délire encore toute la journée ?...

— Tu préfères ce délire à mes baisers, Jacques !

— Non !... et ton remède ne me grisera plus, va, car je le cracherai, si tu me le fais avaler de force !... Ce sera un autre délire meilleur...

Il s'arrêta, un peu haletant, étonné d'en dire aussi long, puis il reprit la parole d'un accent où on sentait frémir des voluptés ardentes :

— Pourquoi es-tu venue accompagnée de ce monsieur ?... Ne puis-je pas être jaloux à mon tour ? Tu me fais des hontes affreuses ! Tu m'as acheté et tu me bats... Si tu crois que je n'y vois pas clair. J'aurais dû m'en aller, mais voilà... ta confiture verte m'a rendu plus lâche que ma sœur !... J'ai peur de tout... cependant je suis heureux, très heureux... ; il me semble que j'ai envie de dormir dans la poitrine de ma nourrice...

Raoule l'embrassait sur ses cheveux d'or fins comme des effilures de gaze, voulant lui insuffler sa passion monstre à travers le crâne. Ses lèvres impérieuses lui firent courber la tête en avant, et derrière la nuque elle le mordit à pleine bouche.

Jacques se tordit avec un cri d'amoureuse douleur.

— Oh ! que c'est bon ! soupira-t-il se raidissant entre les bras de sa farouche dominatrice ; je ne veux pas savoir autre chose ! Raoule, tu m'aimeras comme il te plaira de m'aimer, pourvu que tu me caresses toujours ainsi !

Les lambrequins de l'atelier étaient baissés. Le bruit des omnibus et des voitures passant dans la rue s'affaiblissait à travers le double vitrage ; on ne percevait plus qu'un grondement sourd pareil au grondement d'un train express. Près du grand lit de repos contre lequel Raoule avait jeté Jacques régnait un demi-jour d'alcôve, et les coussins, entassés derrière eux, formaient comme la stalle capitonnée d'un compartiment de première classe... ; ils étaient seuls, emportés dans un effrayant vertige qui changeait toutes choses de place... ; ils couraient à des abîmes et se croyaient en sûreté aux bras l'un de l'autre.

— Jacques, répondit Raoule, j'ai fait de notre amour un *dieu*. Notre amour sera éternel... Mes caresses ne se lasseront jamais !...

— Est-il donc vrai que tu me trouves beau ? que

tu me trouves digne de toi, la plus belle des
femmes ?...

— Tu es si beau, chère créature, que tu es plus
belle que moi ! Regarde là-bas dans la glace pen-
chée, ton cou blanc et rose, comme un cou d'enfant !... Regarde ta bouche merveilleuse, comme
la blessure d'un fruit mûri au soleil ! Regarde la
clarté que distillent tes yeux profonds et purs
comme le jour tout entier... Regarde !...

Elle l'avait un peu relevé en écartant, de ses
doigts fiévreux, ses vêtements sur sa poitrine.

— Ignores-tu, Jacques, ignores-tu que la chair
fraîche et saine est l'unique puissance de ce
monde !...

Il tressaillit. Le mâle s'éveilla brusquement dans
la douceur de ces paroles prononcées très bas.

Elle ne le frappait plus, elle ne l'achetait plus,
elle le flattait, et l'homme, si abject qu'il puisse
être, possède toujours, à un moment de révolte,
cette virilité d'une heure qu'on appelle *la fatuité.*

— Tu m'as prouvé, fit-il, serrant sa taille avec
un sourire hardi, tu m'as prouvé, en effet, que je
n'avais pas à rougir devant toi. Raoule, le lit bleu
nous attend, viens !...

Un nuage descendit des cheveux de Raoule à
son front plissé.

— Soit..., mais à une condition, Jacques ? Tu
ne seras pas mon amant...

Il se mit franchement à rire, comme il aurait ri

en rencontrant, sur certain domaine, une fille
récalcitrante.

— Je ne rêverai plus. C'est sans doute ce que
tu veux me faire comprendre, mauvaise !... dit-il,
s'échappant avec une aisance de jeune daim qu'on
met en liberté.

— Tu seras mon esclave, Jacques, si l'on peut
appeler esclavage l'abandon délicieux que tu me
feras de ton corps.

Jacques voulut l'entraîner, elle lui résista.

— Le jures-tu ?... interrogea-t-elle d'un ton
devenu impérieux.

— Quoi ?... Tu es folle !...

— Suis-je le maître, oui ou non, s'écria Raoule
se redressant tout à coup, le regard dur et les
narines ouvertes.

Jacques recula jusqu'au chevalet.

— Je vais m'en aller... je vais m'en aller ! répéta-
t-il désespéré, ne comprenant plus les désirs de
son maître et ne désirant lui-même plus rien.

— Tu ne t'en iras pas, Jacques. Tu t'es livré, tu
ne peux pas te reprendre ! Oublies-tu que nous
nous aimons ?...

Cet amour, maintenant, était presque une
menace ; aussi il lui tourna le dos, la boudant.

Mais elle vint, par-derrière, elle l'enlaça de ses
deux bras lascifs.

— Pardon ! murmura-t-elle, moi, j'oubliais que
tu es une petite femme capricieuse qui a le droit,

chez elle, de me torturer. Allons !... je ferai ce que tu voudras...

Ils gagnèrent la chambre bleue, lui, abasourdi par la rage qu'elle avait d'exiger l'impossible ; elle, le regard froid, les dents incrustées dans sa lèvre fine. Ce fut elle qui se déshabilla, se refusant à toutes ses avances et lui donnant des trépignements horribles... Sans aucune coquetterie, elle ôta sa robe, son corset, puis elle détacha les rideaux, l'empêchant de s'extasier devant sa splendide stature d'amazone. Lorsqu'il l'embrassa, il lui sembla qu'un corps de marbre glissait entre les draps ; il eut la sensation désagréable d'un frôlement de bête morte tout le long de ses membres chauds.

— Raoule, supplia-t-il, ne m'appelle plus *femme,* cela m'humilie... et tu vois bien que je ne puis être que ton amant...

La blasée eut, sur les oreillers, un imperceptible mouvement d'épaule qui témoignait de sa complète indifférence.

— Raoule, répéta encore Jacques, essayant d'animer par des baisers furieux la bouche, naguère si ardente, de celle qu'il croyait sa maîtresse. Raoule ! ne me méprise pas, je t'en conjure... Nous nous aimons, tu l'as dit toi-même... Ah ! je deviens fou... je me sens mourir... Il y a des choses que je ne ferai jamais... jamais... Avant de t'avoir à moi toute et de tout cœur !

Les yeux de Raoule se fermèrent. Elle connaissait ce jeu-là, elle savait, mot à mot, ce que la nature dirait par la voix de Jacques...

Combien de fois n'avait-elle pas entendu ces cris-là, hurlements pour les uns, soupirs pour les autres, préambules polis chez les savants, débuts tâtonnants chez les timides... ? Et quand ils avaient tous bien crié, quand ils avaient tous enfin obtenu la réalisation de leurs vœux les plus chers, selon l'éternelle expression, ils devenaient les assouvis béats qui sont tous également vulgaires dans l'apaisement des sens.

— Raoule, bégaya Jacques retombant brisé de voluptés désespérantes, fais de moi ce que tu voudras à présent, je vois bien que les vicieuses ne savent pas aimer !...

Le corps de la jeune femme vibra des pieds aux cheveux en entendant la plainte déchirante de cet homme qui n'était qu'un enfant devant sa science maudite. D'un seul bond, elle se précipita sur lui qu'elle couvrit de ses flancs gonflés d'ardeurs sauvages.

— Je ne sais pas aimer... moi... Raoule de Vénérande !... Ne dis donc pas cela puisque je sais attendre !...

CHAPITRE VII

Une vie étrange commença pour Raoule de Vénérande, à partir de l'instant fatal où Jacques Silvert,
lui cédant sa puissance d'homme amoureux, devint
sa chose, une sorte d'être inerte qui se laissait
aimer parce qu'il aimait lui-même d'une façon
impuissante. Car Jacques aimait Raoule avec un
vrai cœur de femme. Il l'aimait par reconnais-
sance, par soumission, par un besoin latent de
voluptés inconnues. Il avait cette passion d'elle
comme on a la passion du haschisch, et maintenant
il la préférait de beaucoup à la confiture verte. Il
se faisait une nécessité naturelle des habitudes
dégradantes qu'elle lui donnait.

Ils se voyaient presque tous les jours, autant
que le permettait le monde dont Raoule faisait
partie.

Quand elle n'avait ni visites, ni soirées, ni études, elle se jetait dans un fiacre et arrivait boulevard Montparnasse, ayant à la main la clef de
l'atelier. Elle passait quelques ordres très brefs

à Marie et souvent une bourse royalement pleine, puis s'enfermait chez eux, dans leur temple, s'isolant du reste de la terre. Jacques demandait rarement à sortir. Il travaillait lorsqu'elle ne venait pas, et lisait toute espèce de livres, science ou littérature pêle-mêle, que Raoule lui fournissait pour tenir ce cerveau naïf sous le charme.

Il menait, lui, l'existence oisive des Orientales murées dans leur sérail, qui ne savent rien en dehors de l'amour et rapportent tout à l'amour.

Il avait quelquefois des scènes avec sa sœur au sujet de sa tranquillité. Elle lui aurait voulu un train de maison, d'autres maîtresses et l'envie de gaspiller le luxe de la pécheresse. Mais lui, toujours calme, déclarait qu'elle ne pouvait pas savoir, qu'elle ne saurait jamais.

D'ailleurs, les portières empêchaient qu'elle pût regarder au trou de la serrure. Elle était obligée, en effet, de demeurer étrangère aux mystères de la chambre bleue. Raoule allait, venait, ordonnait, agissait en homme qui n'en est pas à sa première intrigue, bien qu'il en soit à son premier amour. Elle forçait Jacques à se rouler dans son bonheur passif comme une perle dans sa nacre. Plus il oubliait son sexe, plus elle multipliait autour de lui les occasions de se féminiser, et, pour ne pas trop effrayer le mâle qu'elle désirait étouffer en lui, elle traitait d'abord de plaisanterie, quitte à la lui faire ensuite accepter sérieusement, une idée avilissante. Ce fut ainsi qu'un matin elle lui envoya, par son valet de pied, un énorme bouquet de fleurs blanches, en y ajoutant ce billet : « J'ai ramassé pour toi cette jonchée odorante dans ma serre. Ne me gronde pas, je remplace mes baisers par des fleurs. Un fiancé ne peut faire mieux !... »

Jacques, recevant ce bouquet, devint très rouge, puis il disposa gravement les fleurs dans les potiches de l'atelier, se jouant la comédie vis-à-vis de lui-même, se prenant à être une femme pour le plaisir de l'art.

Au début de leur liaison, il se serait senti grotesque. Il serait descendu et, sous prétexte de respirer un air plus pur, il serait allé boire un bock au cabaret voisin, en compagnie de petits commis ou d'ouvriers cascadeurs.

Raoule s'aperçut tout de suite de la transition qu'elle avait amenée dans ce caractère mou, en voyant la distribution de son bouquet, et, chaque matin, son valet de pied fut chargé de déposer chez le concierge de Jacques des fleurs blanches, immaculées.

Pourquoi blanches, pourquoi immaculées ?

C'est ce que Jacques ne demandait pas.

Un jour, on était à la fin de mai, Raoule commanda un landau couvert et elle alla chercher Jacques pour l'heure du Bois.

Il fut joyeux comme un écolier en vacances, mais il profita très discrètement de cette faveur bizarre. Il resta couché au fond de la voiture, tout près d'elle, la tête abandonnée sur son épaule, répétant de ces bêtises adorables qui rendaient sa beauté plus provocante encore.

Raoule, de l'index, lui indiquait, à travers la glace relevée, les principaux personnages passant près d'eux. Elle lui expliquait les termes de *high-life* qu'elle employait et le mettait au courant d'une société dont l'accès lui paraissait défendu, à lui, pauvre monstre sans conscience.

— Ah ! disait-il souvent, se serrant contre elle avec effroi, tu te marieras, un jour, et tu me quitteras !

Ce qui donnait à son type si frais, si blond, la grâce attendrissante du tendron séduit, en revoyant la possibilité de l'oubli.

— Non, je ne me marierai pas ! affirmait Raoule. Non, je ne vous quitterai point, Jaja, et, si vous êtes sage, vous serez toujours mienne !...

Ils riaient tous les deux, mais ils s'unissaient de plus en plus dans une pensée commune : la destruction de leur sexe.

Jaja, pourtant, avait des caprices, des caprices possibles. Il navrait sa sœur, dont les espérances allaient bien au delà de l'atelier rempli de chiffons. Il avait demandé une jolie robe de chambre en velours bleu et doublée de bleu..., et c'était les talons embarrassés dans la longueur de ce vêtement qu'il arrivait sur le seuil, au-devant de Raoule. Celle-ci vint une fois, vers minuit, vêtue d'un complet d'homme, le gardénia à la boutonnière, ses cheveux dissimulés dans une coiffure pleine de frisons, le chapeau haute forme, son chapeau de cheval, très avancé sur son front. Jacques dormait, il avait beaucoup lu en l'attendant, puis il avait fini par laisser glisser le livre. La veilleuse éclairait mystérieusement le lit aux brocatelles soyeuses garnies de guipures de Venise. Sa tête ébouriffée reposait dans la batiste fine du drap avec une mollesse charmante. Sa chemise, fermée au cou, ne laissait rien deviner de l'homme, et son bras rond, sans aucun duvet, ressortait comme un beau marbre le long de la courtine de satin.

Raoule le contempla pendant une minute, se demandant avec une sorte de terreur superstitieuse si elle n'avait pas créé, après Dieu, un être à son image. Elle le toucha du bout de son gant. Jacques s'éveilla, bégayant un nom ; mais, en apercevant ce jeune homme debout à son chevet, il sauta en criant, épouvanté :

— Qui êtes-vous ? Que voulez-vous ?...

Raoule ôta son chapeau d'un geste respectueux.

— Madame a devant elle le plus humble de ses adorateurs, dit-elle en fléchissant le genou.

Il fut un instant indécis, les yeux hagards, allant de ses bottes vernies à ses courtes boucles brunes.

— Raoule !... Raoule !... Est-il possible ? Tu te feras arrêter !...

— Allons donc ! petite folle ! Parce que j'entre chez toi sans sonner ?

Il lui tendit les bras et elle le couvrit de baisers passionnés, pour ne cesser que lorsqu'elle le vit se pâmer, n'en pouvant plus, implorant les dernières réalisations d'une volupté factice qu'il subissait autant par besoin d'apaisement que par amour vis-à-vis de la sinistre courtisane.

Il s'habitua au déguisement nocturne, ne pensant pas qu'une robe fût indispensable à Raoule de Vénérande.

Ayant une idée fort vague de *la haute,* selon l'expression si souvent répétée de sa sœur, il ne songeait pas du tout aux efforts d'imagination que Raoule devait faire pour sortir de la cour d'honneur de son hôtel sans qu'on la remarquât.

Tante Elisabeth dormait dès huit heures les soirs où il n'y avait pas de réception, mais après le thé du samedi tous les domestiques allaient et venaient du vestibule au salon. De sorte que Raoule, pour fuir sa chambre par l'escalier de service, devait prendre les plus minutieuses précautions. Cependant, une fois, on venait à peine d'éteindre le grand lustre du salon, Raoule descendant rencontra un homme allumant son cigare. Rétrograder c'était perdre l'occasion, et sortir était risquer de se trahir... Elle continua, passa près de l'homme, qui toucha le bord de son chapeau, non sans l'examiner attentivement.

— Deux mots, monsieur, murmura l'attardé en lui touchant l'épaule. Pourriez-vous me donner du feu ?

Raoule avait reconnu Raittolbe.

— Tiens, fit-elle accentuant sa mine hautaine,

vous voyagez du côté des femmes de chambre, mon cher ?

— Et vous ? riposta l'ex-officier très piqué.

— Cela ne vous regarde pas, je suppose.

— Si, monsieur, car de ce côté on peut aussi gagner les appartements d'une femme que je respecte infiniment. Mlle de Vénérande a sa chambre au-dessus de nous, je crois. Je vous fournirai donc des explications en attendant les vôtres. Le minois de Mlle Jeanne m'a conduit ici. C'est très bête, mais très vrai... A votre tour ?

— Impertinent, fit Raoule, étouffant son envie de rire.

D'un geste très prompt, Raittolbe fit voler sa carte et son cigare à la figure de Raoule, qui, malgré le péril, éclata franchement de rire. Elle se découvrit et tourna son beau visage vers son interlocuteur.

— Ah ! par exemple ! grommela Raittolbe, voilà une mascarade à laquelle je ne m'attendais pas encore !

— Tant pis, je vous emmène ! riposta Raoule.

Et ils gagnèrent le tilbury attendant dans l'avenue. Raittolbe se répandit en lamentations sur les dépravées qui gâtent les meilleures choses. Il déclara que ce petit Jacques lui produisait l'effet d'un paquet de chairs pourries. Quant à sa sœur, elle avait bien raison d'aimer les jolis garçons. Parbleu ! Elle soutenait au moins l'honneur de sa corporation. Et, tout en maugréant, tout en jurant, il poussait le cheval dans la direction du boulevard Montparnasse, tandis que Raoule, renversée derrière lui, riait à gorge déployée. Ils arrivèrent très tard.

Une femme, sous un réverbère, semblait les attendre, en face de Notre-Dame-des-Champs, silencieuse.

Il y avait peu de monde dans la rue à pareille heure et l'on pouvait supposer qu'elle faisait le trottoir.

— Pstt !... Voulez-vous monter chez moi ? le monsieur à la décoration... Je suis aussi gentille qu'une autre, vous savez, fit la fille accostant Raittolbe.

Elle était en toilette de soie, avec une mantille espagnole retenue par un peigne de corail. Son œil luisait de promesses et pourtant une toux creuse avait interrompu sa phrase.

— Vous !... s'exclama Mlle de Vénérande levant sa badine d'une main et lui saisissant le bras de l'autre.

Marie Silvert, se voyant reconnue par le maître de la maison, essaya de rétrograder.

— Faites excuse, bégaya-t-elle, je croyais rencontrer quelqu'un de connaissance ; vous savez, ne pensez pas à mal, j'ai aussi des connaissances dans la haute, moi.

Raoule, d'un mouvement irréfléchi, frappa la fille à la tempe, et comme la badine avait une

petite pomme d'agate, Marie Silvert tomba évanouie sur le trottoir.

— Cré mille tonnerres ! fit Raittolbe exaspéré.
Vous auriez pu retenir votre indignation, mon
jeune camarade ; nous allons être conduits au
poste, ni plus ni moins ! Sans compter que vous
n'êtes pas logique. Si vous descendez, cette fille
monte... La punition était inutile !

Raoule frissonna.

— Taisez-vous ! Raittolbe. Ma passion n'a rien
à démêler avec cette femelle de bas étage. J'aurais
dû la chasser depuis longtemps.

— Je ne vous conseille pas d'essayer !... répliqua sèchement l'ex-officier de hussards.

Il ramassa Marie, qu'il chargea sur ses épaules,
et, avant la venue des sergents de ville, ils se firent
ouvrir la porte de la maison.

Raoule, ne s'inquiétant pas du tour que pren-
drait l'aventure pour Raittolbe, le laissa entrer
chez la sœur, pendant qu'elle se rendait chez le
frère. Jacques n'était pas couché, il avait même
entendu crier dans la rue.

Il courut à Raoule et se suspendit à son cou,
exactement comme l'eût fait une épouse anxieuse.

— Jaja pas gai, déclara-t-il, d'un ton dont la naïveté contrastait avec son sourire effronté.

— Pourquoi cela, mon cher trésor ?

Et Raoule le porta presque jusqu'au prochain
fauteuil.

— J'ai cru qu'on t'arrêtait, ma foi ; on s'est disputé, je crois, sous ma fenêtre.

— Non, rien ! A propos, tu ne m'avais pas dit que ton estimable sœur ne se contentait pas du bien-être que je lui donne. Elle provoque les passants sur les boulevards, une heure après minuit.

— Oh ! fit Jacques scandalisé.

— Me prenant pour un autre tout à l'heure, elle s'est permis...

Pareille idée eût amusé le fleuriste, trois mois plus tôt ; ce soir-là, elle l'indigna...

— La misérable, fit-il.

— Tu me permettras de supprimer Mlle Silvert, n'est-ce pas ?

— Tu es dans ton droit ! Te provoquer ?... ajouta-t-il d'un ton jaloux.

— Il paraît clair que j'ai les allures d'un monsieur... sérieux, comme disent ces demoiselles !

Et Raoule posait son pardessus avec une désinvolture très masculine.

— Pourtant, soupira Jacques, il te manquera toujours quelque chose !

Elle s'assit à ses pieds sur un tabouret bas, s'extasiant dans une muette adoration. Il avait sa robe de velours serrée à la taille par une cordelière, et sa chemise à plastron brodé avait juste ce qu'il fallait de col pour ne pas être complètement du linge de femme. Ses mains, qu'il soignait beaucoup, étaient d'un blanc mat comme les mains d'une paresseuse ; dans ses cheveux roux, il avait mis de la poudre à la maréchale.

— Tu es divine !... fit Raoule. Je ne t'ai jamais vue si jolie ?

— C'est que je t'ai fait la surprise complète... Nous souperons !... J'ai ordonné du champagne et j'ai résolu de te paraître agaçante !

— Vraiment ?

Il alla reculer le paravent chinois et découvrit à Raoule une table servie flanquée de deux seaux de glace.

— Tiens ! dit-il, je veux même te griser !

— Voyez-vous ! mademoiselle reçoit !

A cet instant, on heurta derrière les portières.

— Qui est là ?... demanda Jacques très contrarié.

— Moi ! riposta Marie. Et, quand on eut tiré le verrou, elle entra très pâle, la mantille arrachée, un peu de sang sur la joue.

— Mon Dieu ! Qu'as-tu donc ?... s'exclama Jacques.

— Presque rien, dit la fille d'une voix rauque... C'est madame qui a failli me tuer.

— Te tuer !

— Allons ! du calme, fit Raoule méprisante ; il doit y avoir un médecin dans les environs, envoyez-le chercher par la concierge ou par M. de Raittolbe, s'il n'est pas parti.

— Je suis là, fit ce dernier, paraissant et fai-

sant un signe de tête à Raoule, qui demeurait
immobile.

— Explique-toi, murmura Jacques, versant un
verre de champagne à sa sœur et la faisant asseoir
dans un fauteuil.

— Voilà ! mon petit. Cette catin que tu aimes
à l'envers m'a fichu une volée, sous prétexte que
je raccroche à sa porte, nous ne sommes pas chez
nous ici, faut croire !... Rien que pour elle ce
serait un carnaval toutes les nuits, vois-tu ça !
Elle va se. mêler des affaires des pauvres filles
qu'ont d'autres goûts que les siens. Elle fait la police des mœurs, dresse la carte et assomme par-dessus le marché. Mais, malgré l'honnêteté de monsieur (et elle désignait le baron faisant toujours des
signes désespérés à Raoule), je veux lui régler son
compte tout de suite. Je me fous de vos sales
amours et, puisqu'on est de la canaille ensemble,
on peut se secouer un brin avant de se quitter, pas
vrai !

En lâchant ces mots, qui détonaient comme des
coups de fusil à travers les splendeurs de la pièce,
la fille retroussa ses manches, et, quittant le fauteuil, se campa devant Raoule.

Elle était complètement ivre. Quand son haleine
vint au visage de M\ue de Vénérande, il sembla à
celle-ci qu'on répandait sur elle une bouteille
d'alcool.

— Misérable, rugit Raoule, cherchant dans les

poches de son veston le couteau-poignard qui ne la quittait jamais.

Raittolbe s'élança entre elles deux, tandis que Jacques maintenait sa sœur en respect.

— Assez ! dit Raittolbe, qui aurait voulu être à mille lieues du boulevard Montparnasse. Vous êtes une ingrate ! mademoiselle Silvert, et, de plus, vous n'avez pas votre raison. Retirez-vous !

— Non, hurla Marie, au comble de la démence, je veux démolir la drôlesse, avant de partir. Elle me dégoûte, que je vous dis !

Jacques, consterné, essayait de la pousser dehors.

— Toi aussi, râla-t-elle, renie ta sœur, sale m...

Jacques devint pâle comme un mort ; lentement, sans riposter, il gagna sa chambre dont il laissa retomber la portière sur lui. Enfin, Raittolbe, à bout de patience, enleva Marie, et, en dépit de ses efforts et de ses cris furibonds, l'emporta chez elle, l'y enferma ; puis, revenant à Raoule :

— Ma chère amie, dit-il, évitant de la regarder en face, je crois que l'esclandre vous donne à réfléchir ; cette créature, si avilie qu'elle soit, me paraît très dangereuse... prenez garde ! Si vous la chassez, après-demain le Tout-Paris élégant pourrait bien connaître l'histoire de Jacques Silvert.

— Voulez-vous, au contraire, m'aider à l'écraser, répondit Raoule, livide de rage.

— Ma pauvre enfant ! vous connaissez mal la
véritable femelle. Il n'y a pas pour elle de métamorphose possible. Je vous promets de l'apaiser,
voilà tout !

— Par quel moyen ? interrogea Raoule, fron-
çant le sourcil.

— Ceci est mon secret ; mais soyez sûre que
votre ami saura se dévouer.

Raoule eut un mouvement de révolte ; elle avait
compris.

— On fait ce qu'on peut, riposta Raittolbe.

Et il se retira, très digne.

CHAPITRE VIII

Puisqu'on est de la canaille ensemble ! — avait dit Marie Silvert... Ce mot empêcha Raoule d'aimer le reste de la nuit. Tous les souvenirs des grandeurs grecques, dont elle entourait son idole moderne, s'écartèrent soudain, comme un voile que le vent pousse, et la fille des Vénérande aperçut des choses ignobles, dont elle ne soupçonnait même pas l'existence. Il y a une chaîne rivée entre toutes les femmes qui aiment...

... L'honnête épouse, au moment où elle se livre à son honnête époux, est dans la même position que la prostituée au moment où elle se livre à son amant.

La nature les a faites nues, ces victimes, et la société n'a institué pour elles que le vêtement. Sans vêtement, plus de distances, il n'y a que la différence de beauté corporelle ; alors, quelquefois, c'est la prostituée qui l'emporte.

Des philosophes chrétiens ont parlé de la pureté de l'intention, mais ils n'ont d'ailleurs jamais mis ce dernier point en question, pendant l'amoureuse lutte... Au moins ne le pensons-nous pas ! Ils y eussent trouvé trop de distractions.

Raoule se vit donc au niveau de l'ancienne fille de joie... et, comme supériorité, si elle avait celle de la beauté, elle n'avait pas celle du plaisir : elle en donnait, mais n'en recevait pas.

Tous les monstres ont leur minute de lassitude, elle fut lasse... Jacques pleura.

Dès l'aube, elle sortit de l'atelier, prit un fiacre, et rentra à l'hôtel.

Pour attendre le déjeuner, elle fit assaut avec un de ses cousins, gommeux stupide, mais très bien sous les armes, puis discuta avec sa tante à l'occasion d'un voyage projeté. Il fallait partir de suite, devancer la saison des eaux. A cette intention, la chanoinesse opposait des visites de charité à terminer, des comptes de fermage à régler, un cuisinier à remplacer. La fortune est parfois bien gênante, la société fort ennuyeuse, le monde rempli de tribulations.

Cependant, la nouvelle Sapho ne pouvait encore faire le saut de Leucade. Une douleur lancinante, venue du plus profond de sa chair, l'avertissait que sa déité tenait toujours à un être périssable. Comme les inventeurs qu'un obstacle arrête au dernier perfectionnement de l'œuvre, elle espérait, malgré la boue, voir dans les yeux brillants de Jacques un autre coin de son ciel qu'elle repeuplerait de chimères.

Trois jours se passèrent. Jacques n'écrivit pas. Marie ne vint pas. Quant à Raittolbe, il garda une neutralité absolue. Raoule, qu'exaspérait l'incertitude, revêtit un soir son costume d'homme et courut au boulevard Montparnasse. En entrant, elle croisa Marie Silvert. Celle-ci la salua avec un sourire obséquieux et se retira, sans rien laisser percer dans son attitude qui fît allusion à ce qui s'était passé entre elles. Jacques exécutait des initiales ornées sur du papier à lettres. C'était une commande de Raoule payée d'avance en baisers très chauds.

Un calme délicieux régnait dans l'atelier et la clarté de la lampe, dont l'abat-jour était baissé, n'éclairait que l'adorable figure de Jacques. Certes, ce n'était point là le masque d'un individu abject ; tout dans ses traits respirait plutôt la candeur d'*un* vierge pensant à la prêtrise. Un peu inquiet à la vue de Raoule, il posa son crayon et se leva.

— Jacques, dit Raoule tranquillement, tu es un lâche, mon ami !

Jacques retomba sur son fauteuil, une pâleur mate s'épandit de son front à son cou.

— Les expressions de ta sœur, l'autre nuit, ont été grossières, mais justes.

Il pâlit davantage.

— Tu es entretenu par une femme, tu ne travailles que pour te distraire, et tu acceptes une situation infâme sans une seule révolte.

Il la regarda, effrayé.

— Je crois, continua Raoule, que ce n'est pas Marie qu'il faudrait chasser comme une vile créature.

Jacques crispa ses doigts sur sa poitrine, car il souffrait.

— Tu vas sortir d'ici, ajouta Raoule d'un ton toujours froid, tu iras demander de l'ouvrage chez un graveur. Je faciliterai ton admission, puis tu retourneras dans une mansarde et tu tâcheras de te refaire une dignité d'homme !

Jacques se redressa.

— Oui, dit-il, la voix entrecoupée, je vous obéirai, mademoiselle, vous avez raison.

— A ces conditions, murmura plus doucement Raoule, je vous promets une récompense telle que vous n'en avez jamais rêvé de pareille.

— Laquelle ? mademoiselle, interrogea-t-il, tout en rangeant ses outils sur le tapis de son pupitre en bois de rose.

— Je ferai de toi mon mari.

Jacques recula, les bras levés.

— Votre mari ?

— Sans doute, je t'ai perdu, je te réhabilite. Quoi de plus simple ! Notre amour n'est qu'une dégradante torture que tu subis parce que je te paye. Eh bien, je te rends ta liberté. J'espère que tu sauras en user pour me reconquérir... si tu m'aimes.

Jacques s'appuya au chevalet qui était derrière lui.

— Moi, je refuse, dit-il amèrement.

— Par exemple ! Tu refuses de m'épouser ?

— Je refuse de me réhabiliter, même à ce prix-là.

— Pourquoi ?

— Parce que je vous aime, comme vous m'avez appris à vous aimer... que je veux être lâche, que je veux être vil et que la torture dont vous parlez, c'est ma vie, maintenant. Je retournerai dans une mansarde ; si vous l'exigez, je redeviendrai pauvre, je travaillerai, mais quand vous voudrez de moi, je serai encore votre esclave, celui que vous appelez : ma femme !

La foudre tombant devant Raoule ne l'eût pas plus bouleversée.

— Jacques ! Jacques ! tu ne te souviens plus de tes premières étreintes, alors ? Songes-y donc ! être mon mari ; pour toi, l'ouvrier jadis dans la misère, c'est être roi !

— Eh bien ! murmura Jacques avec deux grosses larmes sous les paupières, ce n'est pas ma faute, à moi, si je ne m'en sens plus la force !

Raoule se précipita les bras ouverts :

— Oh ! je t'aime, cria-t-elle, dans un voluptueux transport, oui ! je suis folle, je crois même que je viens te demander une chose contre nature... Mignon chéri... Oublie cela, tu es meilleur que je ne pouvais le supposer.

Elle l'entraîna sur le divan et, comme elle s'amusait à le faire souvent, l'assit sur ses genoux. On eût dit deux frères réconciliés.

— La jolie mine, vraiment, que j'aurais, vêtue de blanc, le voile de l'épouse pudique au front..., moi qui ai horreur du ridicule... Mais, voyons, c'est très sérieux ce que tu prétends, petite bête, tu n'y tiens pas du tout ?...

Jacques sanglotait, la tête dans le coude de Raoule.

— Non ! je t'assure, c'est fini, je prends ce que tu veux me donner, et s'il fallait changer, à certains moments, je refuserais. Cependant, si tu savais comme je t'aime, tu ne m'insulterais pas, tu aurais une grande pitié, au contraire, pour moi. Je suis très malheureux.

Elle le serrait en le berçant entre ses bras, le calmant comme on calme les enfants au maillot. Ce triomphe, remporté malgré sa propre conscience, l'enivrait de nouveau. Les propos grossiers de la fille ne tintaient plus à son oreille. De nouveau, les souvenirs grecs entouraient l'idole d'un nuage d'encens. A présent on l'aimait pour l'amour du vice ; Jacques devenait dieu.

Elle essuya ses joues et l'interrogea au sujet de sa sœur.

— Ah ! je ne sais pas quelle existence elle mène, répondit-il, d'un ton boudeur ; elle est toujours dehors, et le soir, elle attend toujours quelqu'un.

Je crois que c'est le monsieur baron que tu m'as présenté un jour.

— Pas possible, s'exclama Raoule, éclatant de rire... Raittolbe s'abaisser jusque-là !... Après tout, elles est libre, lui aussi, mais je te défends de t'en occuper.

— Tu lui pardonnes la scène qu'elle nous a faite. Tu sais qu'elle était ivre...

— Je lui pardonne tout, puisque, indirectement, elle est cause de l'explication que nous venons d'avoir. Je descendrais en enfer, si j'y savais trouver la preuve de ton sincère amour, petit Jacques !

Il se coucha à ses pieds, qu'il baisa avec une humilité passionnée... puis il soupira :

— J'ai sommeil — en mettant au-dessus de son front les talons pointus des chaussures de Raoule.

Elle le releva, car elle avait compris.

Cette nuit-là, Raoule, qui devait le lendemain se rendre à une partie de chasse, au château de la duchesse d'Armonville, près de Fontainebleau, se retira vers une heure, laissant Jacques profondément endormi.

Elle descendait encore l'escalier, quand la porte de Jacques s'ouvrit avec précaution : un homme en manches de chemise fit irruption dans la chambre bleue, qu'il explora d'un regard.

— Monsieur Silvert, dit-il alors, sûr que Jacques et lui étaient bien seuls dans cette pièce, monsieur Silvert, je désire vous parler ; levez-vous, passons dans l'atelier.

C'était le baron de Raittolbe ; le négligé de sa toilette indiquait assez qu'il avait laissé non très loin la moitié de ses habits. Il semblait fort contrarié de se trouver là, mais une résolution irrévocable brillait sous ses épais sourcils noirs. A la fin, il était révolté de tout ce qu'il entendait et voyait. Dans cette triste situation, il pensait que son influence d'homme véritablement viril devait se déclarer. Puisqu'il avait mis un doigt dans l'engrenage, il en profiterait pour empêcher au moins l'accélération du mouvement.

— Jacques ! répéta-t-il à voix haute en s'approchant du lit.

Les lueurs de la veilleuse glissaient sur les épaules rondes du dormeur et allaient, dans une coulée caressante, jusqu'à l'extrémité de ses pieds.

Il était retombé nu, brisé de fatigue sur la courtine chiffonnée dont le satin bleu rendait plus éblouissant son épiderme de roux. Sa tête s'enfouissait dans son bras replié, si blanc qu'il en avait des teintes de nacre. Au creux des reins, une ombre d'or faisait ressortir resplendissante la souplesse de la croupe, et l'une de ses jambes, un peu écartée de l'autre, avait une crispation comme en ressentent les femmes nerveuses, après une surexcitation trop prolongée de leurs sens. A ses poignets deux cercles d'or, constellés de brillants, mettaient des éclairs sous les draperies azurées qui s'abaissaient sur lui, et un flacon d'essence de rose, gisant dans un trou de l'oreiller, répandait une odeur capiteuse comme toutes les amours de l'Orient.

Le baron de Raittolbe, debout devant cette couche en désordre, eut une étrange hallucination. L'ex-officier de hussards, le brave duelliste, le joyeux viveur, qui tenait en égale estime une jolie fille et une balle de l'ennemi, oscilla une demi-seconde : du bleu qu'il voyait autour de lui, il fit du rouge, ses moustaches se hérissèrent, ses dents se serrèrent, un frisson suivi d'une sueur moite lui courut sur toute la peau. Il eut presque peur.

— Mille millions de tonnerres, grommela-t-il, si ce n'est pas Eros lui-même, je consens à le voir décorer pour utilité publique.

Et, en amateur qu'une révision militaire a quelquefois intéressé, il suivait des yeux les lignes sculpturales de ces chairs épandant de chaudes émanations de volupté.

— Ah ça, mais voici, je crois, le moment de saisir une cravache, ajouta-t-il, essayant de secouer son admiration.

— Jacques ! rugit-il de manière à faire vibrer la chambre jusqu'aux frises.

Celui-ci se dressa ; mais si brusquement qu'on l'eût réveillé, il se révéla gracieux dans sa stupeur ; ses bras se détendirent, sa taille se cambra, il demeura superbe dans son impudeur de marbre antique.

— Qui ose donc, dit-il, entrer sans frapper ?

— Moi, riposta le baron rageusement, moi, mon

cher petit drôle, parce que je veux vous entretenir de choses intéressantes. Je vous savais seul, j'ai franchi le seuil du sanctuaire. Je vous donne une minute pour devenir décent.

Et il sortit pendant que Jacques, sautant à bas du lit, cherchait d'une main tremblante sa robe de chambre.

Il faisait un temps lourd, cette nuit-là, on était au mois d'août, un orage se préparait. Raittolbe ouvrit le vitrage de l'atelier et plongea son front dans l'air plus chaud encore que le lit de Jacques. Il crut respirer du feu.

— Au moins est-ce un feu naturel, pensa-t-il.

Lorsqu'il fit volte-face, le jeune peintre l'attendait, enveloppé des longs plis d'un vêtement presque féminin ; son visage pâle dans les ténèbres lui fit l'effet d'une face de statue.

— Jacques, fit le baron d'une voix sourde, est-il vrai que Raoule désire vous épouser ?

— Oui, monsieur, comment le savez-vous ?

— Que vous importe ! Je le sais, cela suffit ; je sais même pourquoi vous avez refusé. C'est très noble d'avoir refusé, monsieur Silvert (et Raittolbe eut un rire méprisant) ; seulement, après ce louable effort de dignité, vous auriez dû vous retirer complètement du soleil de Mlle de Vénérande.

Jacques, harassé de fatigue, se demandait qu'est-ce que le soleil pouvait faire dans sa nuit d'ivresse et qu'est-ce que ce mâle désagréable pouvait lui vouloir.

— Mais, monsieur, murmura-t-il, de quel droit ?

— Nom d'un sabre ! s'exclama le baron, du droit que tout homme d'honneur, sachant ce que je sais, prend vis-à-vis d'un chenapan de votre calibre. Raoule est une folle, sa folie passera, mais si elle vous épousait, durant l'accès, vous ne passeriez pas, vous !... Ce serait un écœurement général. J'ai fait le possible pour que notre monde ignore le scandale, il faut que vous fassiez l'impossible pour que ce scandale cesse complètement : le huis clos ne durera pas toujours. Votre sœur peut se griser encore, et, ma foi, je ne réponds plus de rien. Ce soir, vous avez été à peu près convenable. Eh bien, qui vous empêche de quitter cet appartement demain, d'aller dans la mansarde indiquée, de chercher de l'ouvrage, d'oublier son... son erreur enfin. Si vous avez eu une bonne pensée, tout n'est donc pas mort chez vous ! Sacrebleu, tâchez de revenir en entier, Jacques !

— Vous nous écoutiez, dit celui-ci machinalement.

— Hum ! hum ! non ! quelqu'un écoutait pour moi, malgré moi, et puis, je vous trouve bon de me poser des questions.

— Vous êtes l'amant de Marie ? continua Jacques en un sourire de mansuétude ironique.

L'ex-officier serra les poings.

— Si vous aviez une goutte de sang dans les veines !... gronda-t-il l'œil étincelant.

— Alors, monsieur le baron, puisque je ne

m'occupe pas de vos affaires, ne vous occupez pas des miennes, reprit Jacques. Non ! je n'épouserai point Mlle de Vénérande, mais je l'aimerai où il me plaira : ici, ailleurs, dans un salon, dans une mansarde et comme il me plaira. Je ne relève que d'elle ; si je suis vil, cela ne regarde que moi ; si elle m'aime ainsi, cela ne regarde qu'elle.

— Cré nom d'une sabretache ! C'est que cette hystérique finira par vous épouser malgré vous, je la connais.

— De même, monsieur le baron, que Marie Silvert est devenue malgré vous votre maîtresse : on ne peut jamais répondre de soi.

Le ton calme et doux de Jacques révolutionna Raittolbe. Est-ce que, par hasard, il dirait vrai, ce garçon de joie ? Est-ce que la beauté n'était même plus nécessaire pour atteindre aux jouissances matérielles ? Lui, le viveur élégant, s'était laissé choir dans un bouge par dévouement, puis, tout à coup, le cynisme savant de la dévergondée du ruisseau l'avait poigné dans ses fibres les plus secrètes, le ferment de corruption qu'un moraliste porte toujours au plus profond de lui était remonté à l'épiderme. De plein gré il était revenu chez Marie Silvert, voulant inspirer une passion malsaine, lui aussi, et ce couple intelligent, Raittolbe et Raoule, était devenu presque en même temps la proie d'une double bestialité.

— Le ciel ne s'écroulera pas, dit le baron, montrant son poing à l'orage.

Jacques se rapprocha.

— Est-ce ma sœur qui ne veut pas que je l'épouse ? demanda-t-il, gardant son sourire aux magiques expressions.

— Eh non parbleu ! elle veut, au contraire, vous pousser à cette union infernale. Jacques ! il faut résister.

— Sans doute, monsieur, je n'y tiens pas le moins du monde.

— Jurez-moi que...

La fin de la phrase s'étrangla au fond du gosier de l'ex-officier de hussards. Il ne pouvait cependant pas exiger un serment de ce monstre. Il s'empara du bras de Jacques. Celui-ci eut un rapide mouvement de recul et sa manche flottante s'écartant, Raittolbe sentit la chair nacrée sous ses doigts.

— Il faut me promettre...

Mais Silvert recula encore :

— Je vous défends de me toucher, monsieur, fit-il froidement, Raoule ne le veut pas.

Raittolbe, indigné, renversa une chaise, sauta sur la maudite créature dont la robe de velours lui semblait à présent les ténèbres d'un abîme et, arrachant l'appuie-main d'un chevalet, il frappa jusqu'à ce que la baguette fût en morceaux.

— Ah ! tu sauras ce que c'est qu'un vrai mâle, canaille !... hurlait Raittolbe, saisi par une colère aveugle dont il ne s'expliquait peut-être pas bien la violence, et il ajouta, voyant Jacques s'affaisser, tout meurtri :

— Et elle saura, la dépravée, qu'il n'y a qu'une façon, selon moi, de toucher les misérables de ton espèce !...

Après le départ du baron, Jacques, en ouvrant son œil morne, dans la nuit, aperçut sur l'une des murailles de l'atelier comme une grosse mouche de feu qui se posait au milieu de la tenture.

CHAPITRE IX

Marie Silvert, pour voir et entendre ce qui se passait chez son frère, avait pratiqué un trou dans le mur de sa chambre attenante à l'atelier.

La mouche de feu que Jacques voyait scintiller dans l'obscurité était ce trou, qu'illuminait une lampe.

Raittolbe trouva la fille couchée, buvant une tasse de rhum, qu'elle venait de faire chauffer sur un petit appareil flambant encore auprès du lit.

Cette chambre ne ressemblait en rien au reste de l'appartement meublé par les soins de Raoule de Vénérande. Sur un papier rayé, quelque peu moisi, se détachait une armoire à glace, très lourde, en acajou ardent ; le lit, sans rideaux, était du même acajou, mais moins foncé ; quatre chaises, recouvertes de percale cerise, prenaient des poses effarées autour d'une table de bois blanc, çà et là, noircie par les fonds de poêle ; à gauche de la porte, sur le fourneau, où pêle-mêle s'étalait la vaisselle, certain chapeau, rehaussé de plumes, trempait l'une de ses brides dans la soupière pleine de beurre fondu.

Marie Silvert, le sang aux pommettes, humait son rhum en faisant clapper sa langue ; tout en le dégustant, elle couvait de son œil attendri un veston orné du ruban rouge, jeté sur la plus proche des quatre chaises.

— Quel imbécile je suis, mâchonna Raittolbe, les bras croisés devant cette couche que, mentalement, il ne pouvait s'empêcher de comparer à celle de Jacques.

— Toi, mon gros, un imbécile ! fit Marie scandalisée.

— Mordieu ! reprit l'ex-officier, je viens de me conduire comme un brutal et non comme un justicier.

— Qu'as-tu fait ? interrogea la fille, lâchant sa tasse.

— J'ai fait, j'ai fait, mille millions de diables ! j'ai rossé *Mademoiselle* ton frère, et cela sans m'en douter, tant j'en avais envie depuis quelques semaines.

— Tu l'as battu ?

— Corrigé d'importance !

— Pourquoi ?

— Ah, voilà ce dont je n'ai pas idée, je crois qu'il m'a insulté, et encore je n'en suis pas très sûr.

Marie, blottie dans ses draps, prenait des allures de chatte heureuse.

— Tu étais monté..., soupira-t-elle, l'amour produit souvent cet effet-là ; j'aurais dû me douter que tu allais le secouer !...

— N'en parlons plus ! Si Raoule se plaint, tu me l'adresseras... Bonsoir ! décidément, j'ai eu tort de me mêler de vos affaires. C'est trop compliqué pour le cerveau d'un honnête homme.

— Tu es fâché aussi contre moi ? interrogea la fille, se dressant tout anxieuse.

— Peuh !...

Et Raittolbe acheva sa toilette, sans vouloir dire autre chose.

Sur le boulevard, la fraîcheur du matin rasséréna le baron, mais une idée fixe et presque douloureuse lui resta implantée au cerveau comme une pointe de couteau au milieu du front : il avait frappé Silvert qui ne se défendait pas, Silvert nu sous le velours de sa robe, Silvert, les membres déjà broyés par une énervante fatigue.

Qu'avait-il besoin, lui, l'esprit fort, d'aller moraliser un pauvre être absurde ? Une jolie besogne ! ma foi. Encore s'il avait fait cette exécution le premier jour, mais non ! Il était devenu d'abord l'amant de la plus dégoûtante des prostituées...

Il se rendit à pied rue d'Antin où il avait un entresol, et, arrivé dans son fumoir, s'enferma pour écrire à Mlle de Vénérande.

Dès le début de sa lettre, la plume lui glissa des

doigts. Loyalement, il ne pouvait lui laisser ignorer la cause de sa brutalité ; d'autre part, se disait-
il, en vertu de quel droit vais-je m'interposer entre
les hontes mutuelles de ces deux amants ? Si
Raoule voulait épouser Silvert, le scandale ne con-
cernerait qu'elle ; le devoir ne lui incombait pas
de veiller sur l'honneur de cette femme.

Il avait déjà déchiré trois feuilles, à peine
commencées, quand soudain, se rappelant le trou
percé par Marie dans le mur séparant du monde
entier les amours dont il venait de cravacher la
moitié, il se sentit tellement coupable qu'il répu-
dia toute pensée d'accuser personne.

Il se contenta donc de révéler à Raoule la situation exacte de cette ouverture pratiquée sur sa
vie privée, avoua que, pour *calmer* l'humeur dangereuse de Mlle Silvert, il avait cru nécessaire de
céder *à sa fantaisie*, que l'admiration de celle-ci
pour sa personne augmentant dans d'inquiétantes
proportions, il allait prendre le parti de lui
envoyer, en guise d'adieu, un billet de banque et
ne remettrait plus les pieds à l'atelier du boulevard Montparnasse.

Il terminait en déplorant l'*accès de vivacité* dont
Jacques avait été victime.

Raoule devait rester peu de temps chez la duchesse d'Armonville, elle ne faisait que de courtes
absences de Paris, sacrifiant à ses amours les
voyages d'été prescrits par les usages mondains ;
cependant, le baron n'oublia pas sur sa lettre cette

mention : « Faire suivre. » Puis, la conscience tranquillisée, il reprit son train de vie habituel.

Jacques n'ignorait pas l'adresse de Raoule, mais la pensée de se plaindre ne lui vint pas. Il prit simplement un bain et évita toute explication avec sa sœur. Jacques, dont le corps était un poème, savait que ce poème serait toujours lu avec plus d'attention que la lettre d'un vulgaire écrivain comme lui. Cet être singulier avait acquis au contact d'une femme aimée toutes les sciences féminines.

Malgré son silence, Marie s'étonna de lui voir une balafre sur la joue.

— Il paraît que tu as fait ton fanfaron, lui dit-elle, goguenarde ; est-ce que M. de Raittolbe t'aurait manqué de respect.

La fille soulignait ses paroles d'une cruelle ironie, car elle trouvait, au fond, que son frère allait un peu loin dans ses complaisances pour celle qui payait.

— Non ! il voulait me défendre de me marier, répondit amèrement Jacques.

— Tiens ! grommela-t-elle, ce n'est pas ce qu'il me promettait de te dire. Ah ! il voulait te défendre ça... eh bien, tu te f... de lui, parbleu ! Ta Raoule est trop empaumée pour ne pas légaliser vos amusements un jour ou l'autre. Je te conseille même de pousser la chose, j'ai mon idée.

— Quelle idée ?

Marie se campa devant son frère, se haussant sur les pointes :

— Si tu épouses Mlle de Vénérande, une fille de la haute, riche à millions, moi, ta sœur, je pourrais bien me ranger, comme on dit, et devenir Mme la baronne de Raittolbe.

Jacques s'absorbait dans la contemplation d'une petite boîte d'écaille remplie de pâte verte.

— Tu crois !...

— J'en suis sûre ; et dame, alors, on oublierait ensemble les mauvais jours, on serait tous de la belle société.

Jacques eut un éclair dans les yeux, son teint délicat se colora tout à coup.

— Je pourrai punir ses anciens amants quand j'aurai le droit d'être honnête !...

— Sans doute ! mais Raittolbe n'a jamais été son amant, imbécile ! Il trouve les vraies femmes trop à son goût, je t'en réponds.

— Oh ! pourquoi m'aurait-il frappé si fort ? objecta le jeune homme, tandis qu'une larme brûlante montait à sa paupière.

Marie se contenta de lever les épaules, ayant l'air de prétendre que Jacques était naturellement destiné aux coups de fouet.

Raoule annonça par dépêche, le lendemain, qu'elle viendrait la nuit suivante.

En effet, vers huit heures du soir, l'hôtel de Vénérande était mis en rumeur par le retour pré-

cipité de mademoiselle. Tante Elisabeth, croyant
à une catastrophe, courut à sa rencontre.

— Comment, mignonne, s'écria-t-elle, tu reviens
déjà ! quand on étouffe ici et qu'il fait si bon
respirer dans les bois !...

— Oui, je reviens, ma chère tante. Notre amie
la duchesse a ses nerfs d'une façon effroyable,
parce que le baron de Raittolbe ne veut pas aller
sonner du cor chez elle. Ce pauvre baron a des
passions mystérieuses qui le retiennent loin de
nous.

— Voyons, Raoule, ne sois pas médisante, soupira la chanoinesse intimidée.

Raoule se coucha de très bonne heure, prétex-
tant une immense fatigue. A minuit, elle roulait
en fiacre vers la rive gauche.

Jacques l'attendait, confiant dans la vengeance
qu'elle lui apportait, car la dépêche disait : « Je
sais tout. »

Sans se demander comment elle savait tout,
Jacques comptait sur une explosion terrible pour
celui qu'il accusait d'avoir été un amant heureux.

Raoule se jeta avec une fougueuse impétuosité
dans l'atelier dont les lustres et les torchères, en
guise de réjouissance, étaient brillamment illu-
minés.

— Jaja ? où est Jaja ? cria-t-elle, en proie à
une impatience fiévreuse.

Jaja s'avança, souriant, les lèvres tendues.

Elle lui saisit les mains et l'arrêta d'une seule pression.

— Parle vite... Que s'est-il passé ? M. de Raittolbe m'écrit qu'il regrette d'avoir discuté avec toi sur un sujet scabreux... ce sont ses propres termes. Tu vas me donner des détails, hein ?

Elle se penchait sur lui, le dévorant de ses regards fulgurants.

— Tiens ! qu'as-tu donc sur la joue... cette grande raie bleue ?...

— J'en ai bien d'autres, viens dans notre chambre, et tu verras.

Il l'entraîna, ayant soin de refermer les portières après eux. Marie gardait son ricanement moqueur, mais elle était inquiète ; elle se retira chez elle pour mettre l'oreille au trou de la muraille.

Jacques fit glisser un à un ses habits et alors Raoule eut le cri de la louve qui retrouve ses petits égorgés.

La peau fine de l'idole était zébrée de haut en bas de longues cicatrices bleuâtres.

— Ah ! s'écria la jeune femme, grinçant des dents, on me l'a massacré !

— Un peu, c'est vrai, dit Jacques, s'asseyant sur le bord de son lit pour examiner à son aise les teintes nouvelles que prenaient ses meurtrissures. Ton ami Raittolbe a la poigne solide.

— Raittolbe t'a mis dans cet état, lui ?

— Il ne veut pas que je t'épouse... il t'aime, cet homme !

Rien ne peut rendre l'accent avec lequel Jacques dit ces mots.

Raoule, à genoux, comptait les traces brutales de la baguette.

— Je lui arracherai le cœur, tu sais ? Il est entré ici... réponds-moi ? ne me cache rien !

— J'étais endormi. Lui sortait de la chambre de ma sœur. Nous avons eu une explication à propos de mariage... Puis, il a voulu me toucher pour me faire mieux comprendre... J'ai reculé parce que tu m'as défendu de me laisser toucher, te rappelles-tu ? Je lui ai même dit pourquoi il me déplaisait de sentir sa main sur mon bras...

— Assez, rugit Raoule au comble de la rage, cet homme t'a vu ! Cela me suffit, je devine le reste. Il t'a voulu et tu lui as résisté.

Jacques partit d'un éclat de rire :

— Es-tu folle, Raoule ? Si je t'ai obéi, en lui défendant de me toucher, ce n'est pas une raison pour croire qu'il... Oh ! Raoule, c'est très laid, ce que tu oses supposer ; il m'a frappé par jalousie, voilà tout.

— Allons donc ! mes sens me disent trop ce que peuvent éprouver les sens d'un homme, fût-il honnête, en se trouvant face à face avec Jacques Silvert...

— Mais, Raoule...

— Mais... je te répète que ce que j'apprends
me suffit.

Elle le força à se coucher de suite, alla chercher
une fiole d'arnica et le pansa, comme s'il se fût
agi d'un enfant au berceau.

— Tu ne t'es guère soigné, mon pauvre amour ;
il fallait appeler un médecin ! dit-elle quand elle
eut fini.

— Je ne voulais pas qu'on pût me regarder
encore !... Pour tout remède, j'ai pris du haschisch !

Raoule demeura une seconde en muette adoration, puis elle se rua tout à coup sur lui, oubliant
les marques bleues, envahie d'un vertige frénéti-
que, d'un désir suprême de l'avoir à elle par les
caresses comme ce bourreau l'avait eu par les
coups. Elle le serra tellement fort que Jacques
cria de douleur.

— Tu me fais mal !

— Tant mieux, râla-t-elle. Il faut que j'efface
chaque cicatrice sous mes lèvres ou je te reverrai
toujours nu devant lui...

— Tu n'es pas raisonnable, gémit-il doucement,
et tu vas me donner envie de pleurer !

— Pleure ! Qu'importe, il t'a vu sourire !

— Oh ! tu deviens plus cruelle que sa plus
cruelle injure. Il t'affirmera lui-même que je dor-
mais... Je n'ai pas pu lui sourire... ensuite j'ai mis
ma robe de chambre !

Les explications naïves de Jacques n'étaient que
de l'huile jetée sur le feu.

— Qui sait ! Mon Dieu ! songea la jeune femme, si cet être, que je crois soumis à ma puissance, n'est pas un fourbe dépravé depuis longtemps !

Une fois le doute entré dans son imagination, Raoule ne se maîtrisa plus. D'un geste violent, elle arracha les bandes de batiste qu'elle avait roulées autour du corps sacré de son éphèbe, elle mordit ses chairs marbrées, les pressa à pleines mains, les égratigna de ses ongles affilés. Ce fut une défloration complète de ces beautés merveilleuses qui l'avaient, jadis, fait s'extasier dans un bonheur mystique.

Jacques se tordait, perdant son sang par de véritables entailles que Raoule ouvrait davantage avec un raffinement de sadique plaisir. Toutes les colères de la nature humaine, qu'elle avait essayé de réduire à néant dans son être métamorphosé, se réveillaient à la fois, et la soif de ce sang qui coulait sur des membres tordus remplaçait maintenant tous les plaisirs de son féroce amour...

... Immobile, l'oreille toujours collée au mur de sa chambre, Marie Silvert tâchait d'entendre ce qui se passait ; soudain, elle perçut une exclamation déchirante.

— Au secours ! Je souffre ! Marie, au secours !

Elle fut glacée jusqu'aux moelles et, comme c'était une *vraie femme*, selon le mot de de Raittolbe, elle n'hésita pas à courir du côté de la tuerie...

CHAPITRE X

A l'occasion du Grand Prix, l'hôtel de Vénérande donnait tous les ans une fête, à laquelle,
en dehors du cercle intime, on conviait quelques
nouvelles connaissances.

Moins cérémonieuse peut-être que les soirées
où l'on prenait une simple tasse de thé, cette fête
réunissait autour de la chanoinesse Elisabeth des
gens non titrés et des artistes amateurs.

Depuis que Raoule était revenue de chez la
duchesse d'Armonville, une tristesse morne ne la
quittait pas, comme si, durant l'un des derniers
orages qui s'étaient abattus sur Paris, son cerveau
eût reçu une commotion terrible ; pourtant, à
l'approche de ce bal, elle sortit peu à peu de sa torpeur. Sa tante avait bien remarqué son allure
soucieuse, mais sans en chercher l'explication ;
d'abord parce que l'explication de l'humeur de
Raoule n'était pas dans l'ordre de ses dévotions
quotidiennes, ensuite parce qu'elle comptait sur
la fête en question, toujours très animée, pour distraire l'esprit changeant de *son neveu*.

Mlle de Vénérande daigna, en effet, surveiller et diriger les préparatifs. Elle déclara qu'on ouvrirait le salon du centre, ainsi que la pièce attenante à la serre où les fleurs exotiques, à l'éblouissante clarté du magnésium, apparaîtraient dans tout l'éclat de leurs véritables nuances. Raoule n'admettait pas qu'on pût donner un bal pour l'unique et monotone plaisir de réunir beaucoup de monde. Il lui fallait en plus l'attrait d'une originalité quelconque à offrir à ses invités.

En face la serre, dans la galerie de tableaux, un buffet, monté sur colonnettes de cristal, offrirait aux sportsmen les plus altérés par la poussière de Longchamp une inépuisable fontaine de Rœderer.

Raoule, en soumettant les invitations à sa tante, lui dit d'un ton dégagé :

— Je vous présenterai mon élève, vous savez ? l'auteur du bouquet de myosotis. C'est un garçon si courageux, ce petit fleuriste, qu'il faut le récompenser. D'ailleurs, nous recevrons un architecte amené par Raittolbe ; c'est un parti pris, maintenant, les artistes sont accueillis dans la meilleure société, sans cela on serait envahi par les bourgeois qui sont bien pires !

— Oh ! oh ! Raoule, murmura sur un ton effrayé dame Elisabeth, ce n'est là qu'un élève, un inconnu.

— Mais, ma chère tante, c'est pour cela qu'il faut l'inviter, ce jeune homme, les plus grands talents ne seraient jamais arrivés si on ne les avait aidés à se faire connaître.

— C'est juste ; cependant... il m'a semblé sortir de la plus basse classe, l'éducation doit lui manquer...

— Est-ce que vous trouvez mon cousin René bien élevé, ma tante ?

— Non ; il est même insupportable avec ses anecdotes de coulisses et ses mots d'acteurs, mais... il est ton cousin !

— Eh bien, l'autre, au moins, ne sera pas de ma famille, nous ne partagerons pas la responsabilité de sa mauvaise éducation, en supposant, ma tante, que ce garçon ne sache pas se tenir dans notre monde.

— Raoule, je ne suis pas tranquille, moi..., dit encore la chanoinesse, le fils d'un ouvrier !

— Qui dessine comme s'il était fils de Raphaël.

— Et sera-t-il vêtu de façon convenable ?

— Sous ce rapport, j'en réponds, affirma Mme de Vénérande avec un rictus amer ; puis, corrigeant sa phrase dans ce qu'elle pouvait avoir d'énigmatique :

— Ne gagne-t-il pas sa vie largement !

— Allons, je m'en remets à ton expérience, ma chère Raoule, conclut tante Elisabeth, le cœur gros.

Ce jour-là, le baron de Raittolbe, qui, depuis le retour de Raoule, n'avait pas mis les pieds à l'hôtel, se présenta. Très grave, très réservé, il remit aux mains de la tante des cartes d'entrée pour l'enceinte du pesage sans qu'un seul instant son regard

affrontât celui de la nièce. Raoule abandonna le
nouveau roman qu'elle lisait et, tendant sa belle
main :

— Baron, dit-elle, j'ai obtenu de notre chère
chanoinesse une invitation en règle pour votre
architecte, vous savez, M. Martin Durand.

— Mon architecte ?... ah ! oui, j'y suis... celui
que j'ai rencontré dans un cercle artistique... un
garçon d'avenir... il a concouru avec honneur pour
la dernière Exposition universelle... Mais, mademoiselle, je n'ai jamais demandé...

— Je sais que vous n'avez pas insisté, interrompit Raoule d'une voix brève, pourtant je l'ai fait,
moi... Votre ami (elle appuya sur ce titre) sera des
nôtres avec M. Jacques Silvert, le peintre que nous
avons été voir ensemble boulevard Montparnasse.

Les figures de déesses qui ornaient le plafond
s'en fussent détachées que Raittolbe n'eût pas
manifesté plus grande surprise. Cette fois, il
regarda Raoule et forcément Raoule le regarda —
deux éclairs s'échangèrent. Sans comprendre pourquoi la jeune femme n'avait pas répondu à sa
lettre, ni pourquoi Jacques allait être « officiellement » des leurs, le baron pressentait une catastrophe.

— Je vous remercie pour ces messieurs, fit-il,
tortillant sa moustache, je vous remercie ; Jacques
Silvert est un charmant camarade, Martin Durand,
homme du monde accompli ; leur ouvrir son

salon, mesdames, c'est anticiper sur leur gloire future !

— Enfin, soupira Mme Elisabeth, vous me rassurez, mais ils ont des noms affreux, j'aurai peine à m'y habituer.

On causa quelque temps courses, Raoule discuta les chances des différentes écuries avec Raittolbe, puis, celui-ci voulant prendre congé :

— A propos, baron, s'écria Raoule, très enjouée, connaissez-vous le nouveau pistolet Devisme ?

— Non.

— Un chef-d'œuvre !

— Vous en avez un ? riposta le baron qui ne voulait pas reculer.

— Passons par la salle de tir, répondit-elle, se levant à son tour, je veux vous le faire essayer.

Une vieille dame, vêtue de violet, dont le manteau laissait dépasser une croix de nacre, entrait en ce moment. Dame Elisabeth, toute ravie de ne plus avoir à parler des deux roturiers dont les noms l'horripilaient, vint à sa rencontre.

— Madame de Chailly, ah ! que je suis heureuse, ma bonne présidente. Nous avons tant de choses à nous dire : imaginez-vous que le père Stéphane de Léoni est en route ; il vient prêcher notre retraite d'automne !

Elle parlait avec la volubilité affairée des dévotes oisives.

— Tant mieux ! conclut Raoule, ironique, lais-

sant retomber la portière et disparaissant suivie
du baron.

Plus fébrile qu'il n'eût voulu le paraître, celui-ci
garda un silence absolu tant qu'ils furent dans les
corridors sombres de l'hôtel.

La salle de tir était une espèce de terrasse voû-
tée, que Mme de Vénérande, véritable maîtresse de
la maison, avait fait disposer pour cet usage.

Arrivé là, le baron feignit d'examiner les panoplies, puis :

— Je ne vois pas le fameux pistolet ? hasarda-
t-il, rompant ce silence plein de menaces.

Raoule répondit en indiquant un siège ; puis
très pâle, mais sans que sa voix trahît la colère :

— Nous avons à causer...

— A causer... de messieurs les artistes ?

— Oui, Martin Durand doit être la garantie de
Jacques Silvert. D'ici à huit jours, il faut qu'ils
aient fait connaissance. Occupez-vous de cette
affaire, moi je n'en ai pas le temps.

— Ah !... voilà qui s'appelle une mission déli-
cate, Raoule ; si je m'en charge, ne m'attirerai-je
pas les reproches de votre tante ?

— Il a été une époque où la tante ne comptait
pas pour vous, Raittolbe.

— Diable ! mais à l'époque dont vous parlez,
Raoule, j'espérais devenir le mari de la nièce !

— Aujourd'hui, vous en êtes le plus intime
camarade. Chacun admet que vous en usiez vis-
à-vis de ma tante avec la liberté d'un commensal.

Vous êtes de plus le mentor de mon cousin René. Ces jeunes gens sont de son âge, présentez-les-lui... Enfin, arrangez-vous.

— Il suffit, répondit Raittolbe s'inclinant.

Une minute, ces deux camarades s'examinèrent comme deux ennemis avant le combat.

Il était clair pour Raittolbe que Raoule lui dissimulait quelque chose ; il était clair pour Raoule que Raittolbe se sentait coupable.

— Vous avez revu Jacques ? demanda enfin le baron, affectant la plus complète indifférence.

Mlle de Vénérande jouait avec un pistolet chargé à poudre, et ce fut avec une non moins complète indifférence qu'elle visa l'ex-officier au cœur et tira. Un nuage de fumée les sépara.

— Très bien, fit-il sans sourciller ; si vous vous étiez trompée d'arme, j'étais un homme mort.

— Oui, car je tirais à bout portant. C'est peut-être d'ailleurs un avant-goût de la réalité ; ne vous croyez-vous pas destiné, mon cher, à mourir par le feu ?

— Hum ! un officier démissionnaire, c'est peu probable !

Malgré tout l'empire qu'il avait sur lui, Raittolbe réprima difficilement un tressaillement nerveux. Ces mots : par le feu ! le troublaient.

— J'ai revu Jacques, reprit Mlle de Vénérande, il est... indisposé. Marie le soigne, et je crois que lorsqu'il sera remis, ce « petit manant » se mariera.

— Hein ! fit le baron, sans votre permission ?

— Mlle Silvert épouse M. Raoule de Vénérande, cela vous étonne ? Pourquoi cet air effaré ?

— Oh ! Raoule ! Raoule !... C'est impossible ! c'est monstrueux ! c'est... c'est révoltant même ! Vous ! épouser ce misérable ? Allons donc !

Raoule, ses prunelles ardentes fixées sur le baron terrifié :

— Ne serait-ce que pour avoir le droit de le défendre contre vous, monsieur ! s'écria-t-elle, ne pouvant contenir sa rage de lionne.

— Contre moi !

Alors, n'y tenant plus, Raittolbe marcha droit à l'effrayante créature :

— Mademoiselle, vous oubliez, en m'insultant, que je ne puis vous traiter comme Jacques Silvert, il faudrait du sang pour effacer vos paroles... Quelle réparation allez-vous m'offrir ?

Elle sourit, dédaigneuse :

— Rien ! monsieur, rien... Seulement, je vous ferai remarquer que vous vous accusez avant que je ne pense à le faire moi-même.

— Nom d'un tonnerre ! éclata le baron, hors de lui et oubliant qu'il était en présence d'une femme, vous vous rétracterez.

— J'ai dit, monsieur, riposta Raoule, que je le défendrai contre vous. Vous ne nierez point, j'espère, l'avoir frappé ?

— Non ! je ne le nie point... vous a-t-il expliqué pourquoi ?

— Vous l'avez touché...

— Est-ce que ce jeune vaurien serait en diamant fondu ? Est-ce que la main d'un honnête homme se posant sur son bras pour appuyer, d'un geste affectueux, une trop bonne parole, lui peut produire un effet tel qu'il tombe en pâmoison ! Ah ! ça, suis-je fou, moi, et serait-il, lui, l'être raisonnable ?

— Je l'épouse, répéta Mlle de Vénérande.

— Faites ! pourquoi m'y opposerais-je, après tout ? Epousez-le, Raoule, épousez-le.

Et Raittolbe, comme ployant sous la honte d'avoir été mêlé à pareilles intrigues, se laissa retomber sur son siège.

— Ah ! que n'avez-vous un père ou un frère, bégaya-t-il, tordant sous ses doigts la lame d'un fleuret.

L'acier cassa net et l'un des éclats vint frapper Raoule au poignet. Sous la dentelle, une goutte de sang perla :

— L'honneur est satisfait, déclara Mlle de Vénérande avec un rire sourd.

— Je commence, au contraire, à croire, repartit brutalement le baron, que l'honneur n'a rien à voir dans nos actes. J'abandonne la partie, mademoiselle, ajouta-t-il, et me décharge au profit de qui voudra du soin dangereux de présenter ici l'Antinoüs du boulevard Montparnasse.

Raoule hocha le front :

— Vous en avez peur ?

— Taisez-vous... au lieu de penser à salir les autres, ayez plutôt pitié de vous-même et de lui !...

— Eh bien, monsieur de Raittolbe, j'exige cependant que vous m'obéissiez !

— La raison ?

— Je veux vous voir tous les deux, face à face, dans mon salon ; il le faut, sinon je garderai un soupçon éternel.

— Triple folle !... je n'obéirai pas...

Raoule vers lui tendait ses mains jointes, dont la peau transparente était maculée d'un peu de sang :

— Raittolbe, l'être que vous avez frappé comme le plus vil des animaux, lorsque vous le saviez lâche et sans vigueur, moi je l'ai déchiré de mes propres ongles ; j'ai tellement torturé ses malheureux membres, où chacun de vos coups creusait sa meurtrissure, qu'il a crié... on est venu et j'ai dû, moi, Raoule, céder devant l'indignation de sa sœur. Jacques n'est plus qu'une plaie, c'est notre œuvre ; ne m'aiderez-vous pas à réparer ce crime !

Jusqu'aux fibres les plus secrètes, le baron se sentait remué. Raoule était capable de tout, il le savait et ne doutait pas une minute qu'elle eût pu arriver à une pareille exaltation.

— C'est horrible ! horrible, murmura-t-il, nous sommes indignes de l'humanité... Que ce soit la lâcheté ou l'amour qui ait paralysé Jacques, nous ne devions pas, nous, des natures pensantes, nous laisser aller ainsi à l'emportement. Nous ne devions voir en lui qu'un être irresponsable.

Raoule ne put s'empêcher d'avoir un mouvement de rage.

— Vous viendrez, fit-elle, je le veux ! mais souvenez-vous que je vous hais et qu'à l'avenir je vous défends de le regarder comme un ami.

Le baron ne releva pas cette allusion, qui peut-être demandait une nouvelle goutte de sang.

— Votre tante est-elle instruite de ce mariage ? interrogea-t-il d'un ton plus calme.

— Non, répliqua Raoule, je compte sur vos conseils pour l'y amener ; du reste, il aura lieu... Marie Silvert l'exige.

Et, avec une amertume navrante :

— Je vous avoue l'immensité de ma chute, n'abusez pas de mon aveu, monsieur de Raittolbe.

— Puis-je quelque chose du côté de la sœur, Raoule ? voulez-vous que je la signale à la police ? ajouta Raittolbe, gentilhomme jusqu'au bout.

— Non, rien, rien... le scandale est inévitable, cette créature est la petite pierre qui brise l'effort de la puissante roue d'acier. Je l'ai humiliée, elle se venge... Hélas ! je croyais que pour une fille l'argent était tout, mais je me suis aperçue qu'elle avait, comme la descendante des Vénérande, le droit d'aimer.

— Aimer ! mon Dieu ! Raoule, vous me faites frémir.

— Je n'ai pas besoin de vous dire qui, n'est-ce pas ?

Ils se turent, l'âme remplie d'un grand déchirement.

Ils se voyaient à terre tous les deux et sentaient leur poitrine oppressée par le pied d'un ennemi invisible.

— Raoule, murmura doucement Raittolbe, si vous le vouliez bien, nous pourrions échapper au gouffre, vous, en ne revoyant plus Jacques, moi, en ne reparlant jamais à Marie. Une heure de folie n'est pas l'existence entière ; unis par nos égarements, nous pourrions l'être aussi par notre réhabilitation ; Raoule, croyez-moi, revenez à vous-même... vous êtes belle, vous êtes femme, vous êtes jeune. Raoule, pour être heureuse suivant les lois de la Sainte nature, il ne vous manque que de n'avoir jamais connu ce Jacques Silvert : oublions-le.

Raittolbe ne parlait plus de Marie : il disait : oublions-le. Raoule, sombre, eut un geste de désespoir :

— J'aime toujours irrésistiblement, fit-elle d'une voix lente ; que cette passion aboutisse au ciel ou à l'enfer, je ne veux pas m'en préoccuper. Quant à vous, Raittolbe, vous avez de trop près vu mon idole pour que je puisse vous pardonner : je vous hais !

— Adieu, Raoule, dit le baron, tendant vers elle sa main large. Adieu ! moi, je vous plains.

Elle ne bougea pas. Alors il lui prit le poignet qu'il serra avec une réelle affection ; mais, en sortant de la salle d'escrime, il vit le long de ses doigts qu'il regantait une légère trace sanglante.

Il se rappela tout de suite l'incident du fleuret brisé ; cependant, une sorte de terreur superstitieuse s'empara de lui : l'officier de hussards eut un frisson dont il ne fut pas le maître.

CHAPITRE XI

Martin Durand était un type de bon garçon ne demandant qu'à faire son chemin au milieu de tous les mondes possibles. Après une heure de causerie avec Jacques Silvert, il l'avait pris sous sa protection et tutoyé. Selon lui, le compas seul pourrait mener loin. Les fleurs, si merveilleusement qu'elles pussent être exécutées, n'avaient qu'une valeur de bibelots inutiles qu'on paie une fois très cher à l'artiste qu'elles ruinent par leur amoncellement. Le reste de l'année on bâtit toujours des palais, mais on n'a pas toujours besoin de fleurs.

— Témoins, s'écriait-il, les faix de roses, les charretées de violettes, les tas de tulipes qui ornent vos lambris. Ah ! mon cher, trop de fleurs ! Je me sens asphyxié, rien qu'en les regardant !

Là-dessus, il allumait un cigare pour combattre l'odeur imaginaire des bouquets peints.

Jacques, devenu taciturne ainsi que tous ceux qui portent au cœur le poids d'une grande honte,

ne répondait que par monosyllabes aux tirades de
Martin Durand, et, quand celui-ci, émerveillé du
luxe de l'atelier, lui demandait si son oncle était
un nabab, il se sentait trembler devant ce nouvel
ami, comme il eût tremblé devant un nouveau
bourreau.

— Enfin, clamait Martin Durand, véritable
gamin du peuple, plein d'exubérance et fier d'être
arrivé à sa situation en jouant des coudes, nous
allons nous lancer du même bond, mon cher !
C'est Raittolbe qui l'affirme. Un salon noble, des
amateurs richissimes et de jolies femmes... La tête
me tourne ! Sapristi ! Mme de Vénérande a le plus
bel hôtel de tout Paris. Style renaissance, avec les
chapiteaux aux fenêtres et des balcons de fer ve-
nant de chez Louis XV. Je ne sais pas si elle paye
bien les études de myosotis ; mais, je veux que le
diable m'emporte si elle ne me charge pas de
démolir un pavillon pour lui rebâtir une tour. Nous
nous appuyons mutuellement... Vous lui déclarez
que l'architecte à la mode c'est moi. Je lui révèle
que le président de la République vous a commandé une gerbe de pivoines.

Jacques souriait douloureusement. Ce garçon
expansif était heureux, il gagnait sa vie en se bat-
tant avec la pierre, il était fort, il était honnête, à
toutes ses saillies il ajoutait un soupir au sujet de
sa belle cousine, la fille du directeur de l'un des
plus vastes magasins de la capitale. Noblesse,

amour, argent, tout irait à lui, sur un signe de lui, parce qu'il était un homme.

La connaissance faite en détail, Martin Durand déclara qu'il viendrait prendre Jacques le jour du bal et, en revoyant son ami Raittolbe, qu'il connaissait au moins autant que son ami Silvert, il lui dit d'un ton enchanté :

— Le petit est la plus superbe nature de modèle que j'aie jamais rencontrée ; d'ailleurs, il n'a pas une ombre de talent... Mais je le formerai.

Les artistes ont assez généralement cette monomanie de vouloir que la bonne société tombe en admiration non devant leur mérite mais devant leurs mauvaises manières : ils tiennent surtout à faire école quand ils désirent enseigner ce qu'ils ne savent pas.

Martin Durand, caressant sa barbe brune, ajouta :

— Oui, oui, je le formerai ; il a vingt-trois ans, il peut se corriger, je compte bien l'étonner joliment chez les Vénérande, quand tous les quartiers de noblesse de ces gens-là seraient en granit d'Egypte.

Pouvait-on étonner encore Jacques Silvert ? Raittolbe ne répondit pas.

Le soir du Grand Prix, dès dix heures le salon du centre et la serre aux plantes exotiques s'inondèrent des jets éblouissants de la lumière de magnésium, lumière blanche, fluide, plus claire et cependant moins aveuglante que celle de l'électri-

cité et à laquelle ressortaient tout le relief des sta-
tues, tous les plis des draperies, comme si le jour
lui-même eût voulu prendre part à la fête des Vénérande.

Les aïeux en pourpoint, les aïeules en fraise
Médicis, du haut de leurs cadres, avec l'épée ou
l'éventail, semblaient se désigner l'un à l'autre
les échantillons de la roture parisienne qu'ils
voyaient défiler à leurs pieds.

Décidément la fête sportive avait tout mêlé,
ceux qui descendaient d'Adam et ceux qui descendaient des croisades. L'architecte Martin Durand
et la duchesse d'Armonville, Mme Elisabeth la chanoinesse et Jacques Silvert, le fils de joie. Avec
une merveille entente de gens qui veulent s'égayer,
chacun suivant ses moyens, aux dépens d'autrui,
tous échangeaient les plus gracieux sourires de
bienvenue. Debout auprès du fauteuil monumental de sa tante, Mlle de Vénérande les recevait avec
cette grâce un peu hautaine qui tenait bien plus du
gentilhomme de jadis que de la femme simplement coquette.

L'étrange créature, lorsqu'elle abandonnait le
domaine de la passion et cessait de courir trop en
avant de son siècle, revenait alors, tout à fait en
arrière, à l'époque où les châtelaines refusaient de
baisser la herse pour les troubadours mal mis.

Raoule portait, ce soir-là, une robe de gaze blanche vaporeuse, à traîne de cour, sans un bijou,
sans une fleur. Un caprice bizarre lui avait fait

lacer sur ses épaules décolletées une cuirasse de
mailles d'or, d'une finesse telle qu'on eût cru son
buste coulé dans un métal liquide.

Pour détacher la ligne de chair de la ligne du
tissu, un cordon de brillants serpentait et les cheveux noirs, relevés en casque grec, étaient piqués
d'un croissant de diamant à pointes phosphores-
centes comme des rayons de lune. La chanoinesse,
elle, s'enveloppait pudiquement d'un suaire de
dentelles qui voilait une robe de couleur pensée.
Son petit visage doux, parcheminé, aux yeux d'un
bleu de ciel pâle, s'abritait sous le blason de son
fauteuil, tandis qu'au contraire ce blason semblait
craquer sous l'effort puissant du bras de Raoule.

A leur droite, se groupaient le cousin René, spé-
cimen rare de la haute gomme sportive, expliquant,
à qui voulait l'entendre, comment Simbad avait
gagné d'une longueur et pourquoi cette année le
maillot de soie d'or était divinement porté... Raittolbe, sévère, son masque de Slave impénétrable,
songeait à la Gorgone antique lorsqu'il regardait
Mlle de Vénérande. Puis le vieux marquis de Sauvarès, sautillant comme un gros oiseau de nuit
aveuglé par la lumière crue, tout en couvant de
ses yeux ternes, avivés parfois d'un éclair de lubri-
cité, l'épaule ronde de sa filleule Raoule.

Autour d'eux murmurait un essaim de femmes
en toilettes exquises, s'entretenant, avec une per-
sistance dont s'agaçaient les hommes, des exploits
de John Mare, le jockey vainqueur.

On reconnaissait dans la foule les artistes amateurs à leurs déplacements perpétuels formant
remous auprès des traînes de tulle ou de dentelles, évolution ayant pour but de se rapprocher de
telle ou telle étoile reconnue.

Quant aux véritables artistes, ils opéraient, mais
en sens inverse, les mêmes déplacements, en sorte
que le salon se transformait par instants en un
autre champ de courses, genre discret. Durant
l'une de ces fluctuations, Raoule, dont le regard
embrassait tout, fit un signe à Raittolbe. Celui-ci
tressaillit, puis regarda dans la direction que suivait l'index à peine remué de la jeune femme. *Il*
était là, Martin Durand le poussait avec des gestes
virulents :

— Mais va donc ! malheureux, va !... gromme-
lait-il, il te faut entamer la conversation avec elle,
bon gré, mal gré, pendant que j'étudierai ce buste-
là. Sacrée noblesse !... Il n'y a qu'elle pour vous
tailler des cariatides pareilles. Quel galbe ! mes
enfants. Quelle poitrine, quelles épaules, quels
bras ! Je la vois d'ici soutenant le balcon du Louvre
restauré. Comme elle vous fige le sang rien qu'en
se pliant sur une hanche... Va donc, je te suis...

Jacques refusait d'avancer ; ahuri par les flots
de clarté magique de ce salon resplendissant, mar-
chant sur les robes étalées, grisé par les senteurs
capiteuses que répandaient ces chevelures pou-
drées de pierreries, l'ancien ouvrier fleuriste se

croyait encore en proie au vertige paradisiaque que lui donnaient les fumées du haschisch.

— Es-tu nigaud ! mon pauvre petit peintre, disait Martin Durand, très vexé d'avoir à constater ce manque d'audace chez un camarade. Un peu d'aplomb, morbleu ! dévisage les femmes, bouscule les hommes, tiens, imite-moi... Est-ce que deux gars de notre espèce craignent le feu de la rampe ? Ah ! voilà M. de Raittolbe ; nous sommes sauvés.

En réalité, la tête de l'architecte n'était pas plus solide que celle du peintre, mais il avait l'inimitable aplomb de tous les démolisseurs qui savent un peu rebâtir.

Le baron de Raittolbe lui serra la main, évitant de toucher celle de son ami.

— Messieurs, enchanté de vous voir, je me charge de votre présentation...

Et il les entraîna jusqu'à Raoule.

— Mademoiselle, dit-il assez haut pour être entendu du groupe principal d'invités, je vous présente M. Martin Durand, architecte, à qui la capitale doit quelques beaux monuments de plus, et M. Jacques Silvert.

Il résulta de cette présentation brève qu'on ne s'occupa point du personnage à monuments, puisque, tout de suite, on sut ce dont il était capable. On braqua plus volontiers le monocle sur celui qui ne portait qu'un nom ignoré. Jacques demeura immobile, les yeux dans les yeux de Raoule, qu'il n'avait pas revue depuis la nuit sinistre.

Il eut un frisson d'homme réveillé en sursaut.

Sa chair vibra, il redevint le corps dompté de cet esprit infernal qui lui apparaissait là, vêtu d'une armure d'or comme d'une égide emblématique.

Il se rappela tout à coup que devant elle il était complet, que lui redevenait sa joie comme elle était sa souffrance. Son ivresse des premiers pas s'évanouit pour faire place à l'amour servile de la bête reconnaissante. Les plaies se fermèrent au souvenir des caresses. Une expression à la fois heureuse et résignée fit épanouir sa belle bouche. Sans songer qu'on s'occupait de lui, Jacques murmura :

— Mon Dieu, pourquoi m'avez-vous fait venir ici, moi qui ne suis rien et que vous ne trouvez même plus digne du martyre ?

Une vague rougeur monta aux tempes de Raoule ; elle répondit balbutiant :

— Mais, monsieur, il faut croire qu'en admirant vos œuvres, ma tante a conclu que vous étiez beaucoup...

— Je vous remercie, madame, ajouta Jacques se tournant vers la chanoinesse, stupéfaite de le voir aussi élégant sous son habit de bal ; je vous remercie, mais je regrette que vous soyez meilleure que Mlle Raoule !

— C'est fort naturel ! bégaya la sainte, à cent

lieues de ce qu'il voulait dire et habituée par son monde à répondre sans entendre.

Seulement, Raittolbe, le marquis de Sauvarès, le cousin René et Martin Durand dressèrent une oreille inquiète.

— Meilleure que Mlle Raoule !... Hein ? fit René avec un rictus suffisant. Il est assez commun, ce Jacques Silvert. Meilleure... comprends pas !...

— Ni moi, grogna le vieux marquis ! anguille sous roche !... peut-être ! Eh ! Eh !... Adonis, ma parole, un Adonis !

Martin Durand tiraillait sa jolie barbe.

— Je suis enfoncé ! se dit-il, le petit en tient et ils ont tous l'air de jouer au plus matois, ici ; quel galbe, quelle cariatide, mes enfants !

Raittolbe, abasourdi par l'aplomb subit de ce dépravé de bas étage, s'avouait pourtant que cela le raccommodait presque avec lui. Des femmes se rapprochèrent de Jacques, la duchesse d'Armonville, contemplant les traits merveilleux de ce roux que la blancheur sidérale de l'illumination rendait blond comme une Vénus du Titien, décida les hésitantes par une exclamation garçonnière qui lui allait à ravir, car elle avait les cheveux courts et frisés :

— Parbleu, mesdames, je suis émerveillée !

A ce moment, l'orchestre, dissimulé dans une tribune dominant la salle, laissa tomber du haut des frises les préludes d'une valse ; des couples s'ébranlèrent, et Raoule, profitant de l'agitation, s'éloigna de sa tante, suivie d'une petite cour. Jacques se pencha vers elle.

— Tu es bien belle... glissa-t-il ironiquement, mais je suis sûr que ta robe t'embarrassera pour danser !

— Tais-toi, Jacques ! supplia Mlle de Vénérande, éperdue, tais-toi ! Je croyais t'avoir appris autrement ton rôle d'homme du monde !

— Je ne suis pas un homme ! je ne suis pas du monde ! riposta Jacques, frémissant d'une rage impuissante ; je suis l'animal battu qui revient lécher tes mains ! Je suis l'esclave qui aime pendant qu'il amuse ! Tu m'as appris à parler pour que je puisse dire *ici* que je t'appartiens !... Inutile de m'épouser, Raoule ; on n'épouse pas sa maîtresse, ça ne se fait pas dans tes salons !...

— Ah ! tu m'effrayes !... maintenant, Jacques ! Est-ce ainsi que tu dois te venger ? Marie serait-elle morte ? Notre amour ne serait-il plus l'amour maudit ? N'ai-je pas vu couler ton sang ? et serait-il possible de revivre les folies de notre bonheur ? Non ! ne me parle plus ! Ton souffle embaumé de jeune amour me donne la fièvre !...

Raittolbe, le plus près d'eux, murmura :

— Soyez prudents, on vous épie !...

— Alors, valsons ! — dit Raoule emportée brusquement par la sauvagerie de sa volupté qui renaissait plus immense en présence du tentateur.

Jacques, sans formuler une seule demande de

circonstance, enlaça Raoule, qui se ploya sous son étreinte comme un roseau, et le cercle s'ouvrit.

— Mais c'est un enlèvement ! fit le marquis de Sauvarès, ce Jacques Silvert s'attaque à notre déesse comme à une simple mortelle !...

— La cariatide prend des pieds ! soupira Martin Durand, navré d'avoir été témoin d'une aussi profanante métamorphose.

René essayait de rire :

— Amusant ! très amusant ! Excessivement drôle. Ma cousine l'apprivoise pour le mieux dévorer ! Un de plus... Quand nous serons à cent, nous ferons une croix ! Très amusant !...

Raittolbe les regardait valser d'un œil rêveur. Il valsait bien, ce manant, et son corps souple, aux ondulations féminines, semblait moulé pour cet exercice gracieux. Il ne cherchait pas à soutenir sa danseuse, mais il ne formait avec elle qu'une taille, qu'un buste, qu'un être. A les voir pressés, tournoyants et fondus dans une étreinte où les chairs, malgré leurs vêtements, se collaient aux chairs, on s'imaginait la seule divinité de l'amour en deux personnes, l'individu *complet* dont parlent les récits fabuleux des brahmanes, deux sexes distincts en un unique monstre.

— Oui ! la chair ! pensait-il, la chair fraîche, souveraine puissance du monde. Elle a raison, cette créature pervertie ! Jacques aurait beau posséder toutes les noblesses, toutes les sciences, tous les talents, tous les courages, si son teint n'avait pas la pureté du teint des roses, nous ne le suivrions pas ainsi de nos yeux stupides !

— Jacques ! répétait Raoule, cédant à une griserie... Jacques, je t'épouserai, non parce que je redoute les menaces de ta sœur, mais parce que je te veux au grand jour, après t'avoir eu pendant nos mystérieuses nuits. Tu seras ma femme chérie comme tu as été ma maîtresse adorée !

— Et tu me reprocheras ensuite de m'être vendu, n'est-ce pas ?

— Jamais !

— Tu sais que je ne suis pas guéri !... que je suis *laide* ! A quoi puis-je te servir !... Jaja est abîmé !... Jaja est affreux ! — reprenait-il d'un ton câlin, en la pressant plus fort.

— Je te jure de te faire tout oublier ! Ce serait si doux d'être ton mari ! de t'appeler en cachette Mme de Vénérande !... car ce sera mon nom que je te donnerai !...

— C'est vrai ! je n'ai pas de nom, moi !

— Allons ! ta sœur est notre providence ! elle m'a fait faire une promesse que je ne rétracterai pas... mon ange ! mon dieu ! mon illusion préférée !

Quand ils s'arrêtèrent, ils se crurent dans l'atelier du boulevard Montparnasse et se sourirent en échangeant un dernier serment.

— Vous savez que le lion de la soirée c'est M. Jacques Silvert ? déclara Sauvarès au centre d'un groupe de sportsmen scandalisés.

— D'où sort cet Antinoüs ? demandèrent les viveurs, curieux de recueillir quelque histoire ténébreuse sur le compte de ce nouveau favori.

— Du bon plaisir de Mlle de Vénérande, riposta le marquis, et le mot fit bientôt fortune.

Mais soudain l'arrivée de Jacques, les troublant par mégarde dans leurs réflexions dédaigneuses, les réduisit au silence. Ils allaient se replier en masse pour prouver leur mépris à cet obscur barbouilleur de myosotis lorsqu'ils ressentirent en même temps une commotion bizarre qui les cloua sur place. Jacques, la tête renversée, avait encore son sourire de fille amoureuse ; ses lèvres relevées laissaient voir ses dents de nacre, ses yeux, agrandis d'un cercle bleuâtre, conservaient une humidité rayonnante, et, sous ses cheveux épais, sa petite oreille, épanouie comme une fleur de pourpre, leur donna, à tous, le même frisson inexplicable. Jacques passa, ne les ayant pas remarqués ; sa hanche, cambrée sous l'habit noir, les frôla une seconde... et d'un même mouvement, ils crispèrent leurs mains devenues moites.

Quand il fut loin, le marquis laissa choir cette phrase banale :

— Il fait bien chaud, messieurs. D'honneur, c'est intolérable !...

Tous reprirent en chœur :

— C'est intolérable !... D'honneur, il fait trop chaud !

CHAPITRE XII

— Voyons, mon petit ! Voyons, cordieu ! De la poigne... Vous êtes un homme et non pas une statue ! A votre place je serais déjà furieux de sentir ce fer si près de ma peau. Imaginez-vous que je deviens un ennemi mortel, un monsieur digne des coups les plus violents. Je vous ai pris une femme adorée, je vous ai jeté dix cartes à la figure, je vous ai appelé : *lâche* ou *voleur*, au choix. Tonnerre ! Ripostez donc !

Et Raittolbe, le maître, s'exaspérant pour Jacques Silvert, l'élève, se ruait dans des assauts terribles.

— Vous n'êtes pas patient, baron ! murmurait Raoule, qui présidait à la leçon, vêtue d'un élégant costume de salle. Moi, je lui permets de se reposer ; assez pour aujourd'hui !

Raoule prit une épée, tomba en garde devant Raittolbe, et, comme pour venger Silvert, elle chargea l'ex-officier avec une impétuosité folle.

— Diable, cria celui-ci, touché trois fois coup

sur coup, vous vous emballez trop vite, ma chère, je ne vous ai rien dit, ce me semble, de tout ce que je viens de raconter à ce pauvre Jacques !

A cet instant même, on annonça le déjeuner : le cousin René et plusieurs intimes entrèrent ; on félicita les champions pendant qu'un domestique, s'avançant discrètement vers Jacques, lui glissait un mot à l'oreille. Raoule, encore très échauffée, ne vit pas le jeune homme pâlir et passer rapidement dans un fumoir attenant à la salle d'escrime.

Jacques avait enfin obtenu de la chanoinesse Elisabeth les grandes entrées de la maison ; il était fiancé officiellement à Raoule, depuis un mois. Après le bal des courses, pendant lequel tous les amateurs de scandale avaient été scandalisés par l'introduction de ce petit Silvert, Raoule, folle comme les possédées du Moyen Age qui avaient le démon en elles et n'agissaient plus de leur propre autorité, s'était déclarée brusquement, un matin, au chevet de la malheureuse dévote. Ce matin se trouvait très froid, très sombre, très terne. La chanoinesse, sous ses couvertures à écussons, rêvait de cilice et de pavé glacé ; elle fut réveillée par la voix sonore de *son neveu*, commandant un feu d'enfer à sa femme de chambre.

— Pourquoi du feu ? c'est mon jour de mortification, ma chère enfant, dit la tante, ouvrant ses paupières transparentes et livides comme des hosties.

— Parce que, chère tante, je viens causer avec

vous de choses graves, et ces choses graves seront
une mortification si naturelle qu'elles vous suffi-
ront amplement !

Tout en riant d'un rire mauvais, la jeune femme
s'asseyait dans un fauteuil, ramenant sur ses pieds
frileux le pan de sa robe de chambre doublée d'her-
mine.

— A cette heure ? juste ciel ! Tu as eu le réveil
bien prompt, ma chérie ! Voyons, je t'écoute.

Et la chanoinesse se dressa sur son traversin,
les yeux dilatés par l'épouvante.

— Je veux me marier, tante Elisabeth !

— Te marier ! Oh ! tu es inspirée par saint Phi-
lippe de Gonzague, que je prie à cette intention
chaque vigile. Te marier ! Raoule ! Mais je pourrai
donc réaliser mon vœu le plus cher, quitter ce
monde de vanités et me retirer aux Visitandines,
où j'ai mon voile tout prêt. Béni soit le Seigneur !
Sans doute ,ajouta-t-elle, c'est le baron de Raittolbe
qui est l'élu ?

Et elle sourit d'un air un peu malicieux.

— Non, ce n'est pas Raittolbe, ma tante ! Je
vous préviens que je ne tiens pas à m'ennoblir
davantage. Les affreux noms me plaisent beaucoup
plus que tous les titres de nos inutiles parchemins.
Je désire épouser le peintre Jacques Silvert !

La chanoinesse fit un bond dans son lit, leva
ses bras de vierge au-dessus de sa tête pudique et
s'écria :

— Le peintre Jacques Silvert ? Ai-je bien en-

tendu ? Ce bellâtre sans sou ni maille à qui tu as
fait l'aumône ?...

Un moment, la stupeur paralysa sa langue ; elle
reprit, en s'affaissant sur elle-même :

— Tu me feras mourir de honte, Raoule !

— Ma tante, dit alors l'indomptable fille des
Vénérande, la honte serait peut-être de ne pas
l'épouser !

— Explique-toi ! gémit Mme Elisabeth, déses-
pérée.

— Par respect pour vous, ma tante, ne m'y for-
cez pas, vous avez aimé trop saintement pour...

— Je représente ta mère, Raoule... interrompit
dignement la chanoinesse, j'ai le devoir de tout
entendre.

— Eh bien, je suis sa maîtresse ! répondit
Raoule avec un calme effrayant.

Sa tante devint pâle comme les draps immacu-
lés qui l'enveloppaient. Elle eut, au fond de ses
prunelles indécises, le seul éclair qui devait y bril-
ler durant sa pieuse existence, et dit d'un ton
sourd :

— Que la volonté de Dieu soit faite... Mésalliez-
vous, ma nièce. Il me reste encore assez de larmes
pour effacer votre crime... J'entrerai au couvent
le lendemain de votre mariage !...

Et, à partir de ce matin froid durant lequel un
feu d'enfer avait brûlé dans la cheminée de la
chanoinesse, mortifiée pourtant jusqu'aux moelles, Raoule avait agi à sa guise. On avait présenté le

fiancé à la famille et aux intimes ; puis, sans
qu'une objection s'élevât contre ce fantastique
caprice, chacun s'était incliné cérémonieusement
devant Jacques. Le marquis de Sauvarès l'avait
déclaré « pas mal ». René, le cousin « amusant,
excessivement amusant » ! La duchesse d'Armonville avait lancé un petit rire énigmatique et, somme
toute, puisque par le fait d'un oncle éloigné,
mort à propos, le barbouilleur superbe possédait
une fortune de trois cent mille francs, il devenait
un peu moins ridicule.

Cette fortune, Raoule l'avait donnée, de la main
à la main, à l'homme de son choix.

Les gens de l'hôtel, eux, disaient, aux offices :
c'est un enfant trouvé.

Un enfant trouvé qui allait barrer de deuil le
blason vermeil des Vénérande !

Souvent, par ces tristes nuits d'automne, on
entendait du côté de la chambre close de Mme Elisabeth de longs sanglots ; on pouvait croire que
c'était le vent sifflant à travers le rond-point dépouillé de la cour d'honneur...

Raoule ferraillait toujours, Raittolbe fut obligé
de rompre. Puis, soudain, une interjection parvint
jusqu'à eux, aiguë, discordante. Ils s'arrêtèrent
simultanément. Ils avaient reconnu la voix de
Marie Silvert.

Mlle de Vénérande prétexta un peu de fatigue et,
sans s'occuper du baron et de ses admirateurs,

elle gagna la porte du fumoir. Raittolbe en fit
autant.

— Témoins, décida Raoule, allez au déjeuner de
réconciliation ! Nous réparons nos toilettes et
sommes à vous dans quelques minutes.

Ces messieurs sortirent en discutant les coups
échangés.

— Qu'est-ce que tu viens faire ? disait Jacques,
derrière la porte du boudoir, une scène ?

— Pas si bête, on me mettrait dehors !

— Eh bien ! alors, faisait Jacques impatienté,
tiens-toi tranquille.

— Me tenir tranquille ? C'est ça... tu auras le
droit de te blanchir en te baignant dans les bla-
sons de la haute, et moi, ta sœur, je resterai putain,
comme devant ?

— Où veux-tu en venir ?

— Où je veux en venir ? Je veux que tu dises à
ta Raoule que ses conditions ne sont pas les miennes. Je me fiche du chiffon de papier qu'elle m'a
envoyé comme de ma première chemise. Il paraît
que je vous gêne, mes tourtereaux ? On rougit de
Marie Silvert ; il faut m'éloigner, m'envoyer à la
campagne, dans un coin ; eh bien, j'veux pas, moi !
Nous avons mangé le pain dur ensemble, tu vas
t'payer du poulet rôti, j'en veux ma bonne part ou
j'mets les pieds dans vos plats. Ah ! monsieur s'pa-
vane du matin au soir, on l'attiffe comme une grue,
y en a pas assez pour lui, quoi ! et faudrait que sa
sœur s'habille d'une loque, s'coiffe d'un chiffon, se

nourrisse d'une croûte. As-tu fini ! Vous avez cru me coudre la bouche avec votre pension de six cents francs, plus souvent que je me laisserai faire ; Marie Silvert ne veut pas de vos rentes, ça la salirait !

— Qu'à cela ne tienne, fit à ce moment Mlle de Vénérande, en entrant suivie de Raittolbe, ne vous tourmentez pas, vous n'aurez rien !

Raoule avait dit cela froidement, laissant une à une tomber ses paroles, qui, pour quelques secondes, semblèrent produire sur la fille l'effet d'autant de gouttes d'eau froide.

— Bien, fit-elle, pinçant la lèvre et regrettant de ne pouvoir revenir aux six cents francs par le chemin de la douceur, bien ; puis, les doigts crispés au dossier d'une chaise : Au fait, j'aime mieux ça vous m'dégoûtez — pas vous, monsieur, fit-elle, essayant de sourire à Raittolbe retranché derrière Raoule qu'il regrettait d'avoir suivie ; c'est pourtant vous qui êtes cause de tout.

— Hein ! fit Raittolbe, s'avançant, qu'est-ce que vous me dites là ?

— C'est clair : vous savez bien que mademoiselle et monsieur ne m'ont jamais pardonné d'avoir été votre maîtresse. Ça les chiffonnait !

— Assez, interrompit brusquement le baron ; ne prenez pas prétexte de notre liaison pour continuer vos injures. Vous avez fait votre métier, je vous ai payée : nous sommes quittes.

— C'est juste, répondit Marie, subitement cal-

mée ; j'ai même encore là les cent francs que vous
m'avez envoyés ; je n'y ai pas encore touché. Ça
m'a fait quelque chose quand je les ai reçus. C'est
peut-être bête, mais c'est comme ça.

Elle parlait d'un ton soumis, en attachant sur
Raittolbe des yeux presque suppliants.

— Voyez-vous, monsieur, continua-t-elle, sans
plus s'occuper de son frère et de Raoule, parce
qu'on est une pauvre fille, ça n'empêche pas d'a-
voir un cœur. Vous dites que j'ai fait mon métier
avec vous, vous savez bien que non ! Je vous ai
aimé, moi, je vous aime toujours, et vous n'avez
qu'à faire signe si vous le voulez, je me mets en
quatre pour...

— Assez ! interrompit Raittolbe, enrageant de
se voir ridiculiser devant Raoule, je me contente-
rais de votre départ !

Réellement émue un instant plus tôt, la fille
sentit se réveiller sa colère. Alors, elle éclata :

— Eh bien, oui ! je partirai, mais faut que je
crève le sac aux ordures ! Ah ! vous avez beau
vous gausser, vous autres, j'ai pas fini, v'là le bouquet. Ça vous amuse, n'est-ce pas ? C'est drôle,
ricana-t-elle, hideuse. Vous êtes contents, pas
vrai ? Ça vous embêtait que je lui aie donné dans
l'œil, et le v'la qui m'envoie promener. N. de D.,
d'la rigolade y en aurait que pour eux ? Plus souvent, puisque j'peux pas trouver un homme qui
me prenne, j'vas me les payer tous — mes enfants,

ça vous fera honneur, votre future belle-sœur vient vous faire part de son entrée au b... !

— Votre existence n'en sera guère changée, railla Mme de Vénérande, se dirigeant vers la porte, en faisant signe à Jacques de la suivre.

Jacques restait debout devant sa sœur, les poings crispés, la face pâle, mordant sa lèvre ; peut-être n'y avait-il qu'un déshonneur auquel il n'eût pas été préparé dans les sursauts rapides de sa chute...

— Bon voyage ! cria ironiquement Raoule, du seuil de la salle d'armes.

— Oh ! nous nous reverrons, belle-sœur, répliqua Marie, gouailleuse, je viendrai, les jours de sortie, vous présenter mes devoirs. Faudra pas faire la dégoûtée, vous savez ; Marie Silvert, même en carte, vaudra bien Mme Silvert ; au moins elle fait l'amour comme tout le monde, celle-là !

Elle n'acheva pas. Jacques, hors de lui, avant que Raittolbe n'eût prévenu son geste, étreignait sa sœur au poignet, et, dans un effort terrible, la secouait désespérément.

— Te tairas-tu, misérable ? gronda-t-il d'une voix sourde.

Puis, ses muscles se détendirent, et Marie, pirouettant sur elle-même, tomba presque à genoux.

Marie, relevée, se dirigea vers la porte, l'ouvrit, et là, se tournant vers son frère, de chaque côté duquel se tenaient, comme deux protections, Raittolbe et Raoule :

— Faut pas t'énerver comme ça, mon petit. T'as besoin de tes muscles, il t'en faut pour deux... T'as la même tête que le jour de la raclée. Tu sais la raclée que M. le baron t'a administrée. Prends garde, tu vas te trouver mal, t'as quelque chose de détraqué, bien sûr : ta chaste épouse n'aura plus son compte... Est-il gentil, comme ça, entre ses deux amants !

Marie lança ces derniers mots dans un rire féroce, dont les éclats durent faire trembler jusque dans ses fondations la vieille maison des Vénérande.

Elisabeth et Marie Silvert, l'ange du bien qui avait toléré, le démon de l'abjection qui avait excité, fuyaient en même temps, l'un vers le paradis, l'autre vers l'abîme, cet amour monstrueux qui pouvait, à la fois, aller dans son orgueil, plus haut que le ciel et, dans sa dépravation, plus bas que l'enfer.

CHAPITRE XIII

Vers minuit, les invités aux noces de Jacques Silvert s'aperçurent d'un fait bien étrange : la jeune mariée était encore parmi eux, mais le jeune marié avait disparu. Indisposition subite, vexation d'amoureux, incident grave, toutes les conjectures possibles furent faites dans le clan des familiers que cette union préoccupait déjà au dernier point. Le marquis de Sauvarès prétendit que le cartel d'un rival éconduit avait été trouvé par Jacques, sous sa serviette, au début du merveilleux repas qui leur avait été servi. René affirmait que tante Elisabeth devait quitter le monde ce soir même et qu'elle remettait ses pouvoirs à l'époux. Martin Durand, témoin du marié, bougonnait sans se cacher, parce que les artistes ont toujours le droit de *faire leur tête* quand on a besoin d'eux. Il ne pouvait plus sentir ce Jacques, maintenant. Au coin de la cheminée monumentale du salon où s'écroulait en braises rouges le nouveau foyer conjugal, la duchesse d'Armonville, pensive, son binocle entre ses doigts fins, suivait les mouve-

ments de Raoule, placée en face d'elle. Raoule
déchiquetait machinalement son bouquet d'oranger. Raittolbe assurait tout bas à la duchesse que
l'amour est la seule puissance vraiment capable.
d'aplanir les difficultés politiques sous le gouver-
nement du jour.

— Mais enfin, murmurait la duchesse, sans
prendre garde aux étourderies du baron, me direz-
vous pourquoi cette chère mariée s'est aujourd'hui
fait coiffer de façon si... originale ? Cela me rend
perplexe, depuis la cérémonie religieuse.

— L'hymen est, sans doute, pour Mme Silvert,
une prise de voile comme une autre, répondait
Raittolbe, dissimulant un sourire sardonique.

Mme Silvert portait une longue robe de damas
blanc argenté et une sorte de pourpoint de cygne.
Son voile avait été enlevé au moment du bal et
l'on voyait la coiffure de fleurs d'oranger naturelles reposer en diadème sur des boucles pressées
comme dans la chevelure d'un garçon ; sa physionomie hardie s'harmonisait admirablement avec
ces boucles courtes, mais ne rappelait en rien la
pudique épousée, prête à baisser les yeux sous ses
tresses parfumées qu'allaient bientôt défaire les
vives impatiences de l'époux.

— Je vous assure, répétait la duchesse, que
Raoule a fait couper ses cheveux.

— Une mode récente que j'adopte définitive-
ment, chère duchesse, répondit Raoule, qui venait
d'entendre et sortait de sa rêverie.

Raittolbe eut un applaudissement muet. Il frappa la paume de sa main du bout de ses ongles. Mme d'Armonville se mordit la lèvre pour ne pas rire. Cette pauvre Raoule, à force de se masculiniser, finirait par compromettre son mari !

Les demoiselles d'honneur vinrent en tumulte offrir le gâteau, suivant la nouvelle coutume importée de Russie et qui faisait fureur, cette année-là, dans la haute société. L'époux ne se montrait toujours pas. Raoule dut garder sa part entière. Minuit sonna ; alors, la jeune femme traversa le vaste salon de son pas altier ; arrivée à l'arc de triomphe dressé avec toutes les plantes de la serre, elle se retourna et eut pour l'assemblée un salut de reine qui congédiait ses sujets. D'une phrase gracieuse mais brève, elle remercia ses compagnes, puis elle sortit à reculons, les saluant encore d'un geste élégant et rapide, comme le salut de l'épée. Les portes se refermèrent.

A l'aile gauche, tout à l'extrémité de l'hôtel, était la chambre nuptiale. Le pavillon dans lequel elle se trouvait formait retour sur le reste du bâtiment. La plus profonde obscurité, le plus discret silence régnaient dans cette partie de la maison.

Les corridors étaient éclairés de lanternes de bohème bleu dont le gaz avait été baissé, et dans la bibliothèque attenante à la chambre à coucher une seule torchère, tenue par un esclave en bronze, servait de fanal. Au moment où Raoule entra dans le cercle de lumière projeté au centre de la pièce,

une femme habillée simplement comme une domestique se détacha de la tenture sombre.

— Que me voulez-vous ? murmura la mariée,
redressant sa taille souple et laissant à ses pieds
se dérouler l'immense traîne de sa robe d'argent.

— Vous dire adieu, ma nièce, répliqua Mme Elisabeth, dont le visage pâle, tout à coup éclairé,
semblait surgir comme une évocation spectrale.

— Vous ! ma tante, vous partez !

Emue, Raoule lui tendit les bras.

— N'embrasserez-vous pas une dernière fois
votre *neveu ?* fit-elle d'un son de voix plus respectueux et plus doux.

— Non ! dit la chanoinesse secouant le front.
Quand je serai là-haut ! peut-être ! mais ici je ne
puis me résigner à couvrir de mon pardon les
souillures de la fille perdue. Adieu, mademoiselle
de Vénérande. Mais avant mon départ, sachez-le :
si sainte que Dieu veuille que je sois, il m'a permis
d'apprendre vos horribles débordements. Je sais
tout : Raoule de Vénérande, je vous maudis.

La chanoinesse parlait très bas et cependant
Raoule crut entendre retentir les éclats de cette
malédiction jusque dans la tranquillité de la chambre nuptiale.

Elle eut un tressaillement superstitieux.

— Vous savez tout ? expliquez vos paroles, ma
tante ! Le chagrin de me voir porter un nom rotu-
rier vous trouble-t-il la raison ?

— Vous êtes la belle-sœur d'une prostituée.

Elle était ici tout à l'heure, cette fille, oubliée dans vos invitations ; elle m'a forcée à me pencher sur le gouffre. Vous n'étiez pas la maîtresse de Jacques Silvert, Raoule de Vénérande, et je le regrette à présent de toute mon âme ! Mais souvenez-vous bien, fille de Satan ! que les désirs contre nature ne sont jamais assouvis. Vous rencontrerez la désespérance au moment où vous croirez au bonheur ! Dieu vous précipitera dans le doute au moment où vous toucherez à la sécurité. Adieu... je vais prier sous un autre toit.

Raoule, immobilisée dans l'impuissance de sa rage, la laissa se retirer sans proférer un mot.

Lorsque Mme Elisabeth eut disparu, la mariée appela ses femmes qui l'attendaient pour l'aider à sa toilette de nuit.

— Il est venu quelqu'un ici voir ma tante ? interrogea-t-elle d'un ton sourd.

— Oui, madame, répondit Jeanne, l'une de ses cameristes, une personne très voilée qui lui a parlé longtemps.

— Et cette personne ?

— S'est retirée emportant un petit coffret. Je pense que Mme la chanoinesse a fait une dernière aumône avant de partir pour son couvent.

— Ah ! très bien, une dernière aumône.

A ce moment le bruit d'une voiture fit trembler légèrement les vitres de la bibliothèque.

— Votre tante a commandé le coupé, dit Jeanne

en baissant la tête pour ne pas laisser voir son émotion.

Raoule passa dans le cabinet de toilette, et, la repoussant :

— Je ne veux personne, allez-vous-en, et faites dire au marquis de Sauvarès, mon parrain, que désormais il reste seul pour faire les honneurs du salon.

— Oui, madame.

Jeanne sortit à l'instant, complétement ahurie. L'air semblait devenu irrespirable dans l'hôtel de Vénérande.

Un à un, les invités défilèrent devant le marquis, plus étonné qu'eux du mandat qu'il venait de recevoir ; puis, quand il n'y eut plus que Raittolbe, M. de Sauvarès lui prit le bras.

— Allons-nous-en, mon cher, dit-il avec un éclat de rire moqueur ; cette maison est décidément transformée en tombeau.

Le chasseur préposé à la garde du vestibule éteignit les lustres et, bientôt, dans les salons déserts, par tout l'hôtel, avec le silence, régna l'obscurité profonde.

Après avoir fait glisser le verrou du cabinet de toilette, Raoule s'était dépouillée de ses vêtements avec une orgueilleuse colère.

— Enfin ! avait-elle dit, quand la robe de damas aux chastes reflets était tombée à ses pieds impatients.

Elle prit une petite clef de cuivre, ouvrit un

placard dissimulé dans la tenture et en tira un habit noir, le costume complet, depuis la botte vernie jusqu'au plastron brodé. Devant la glace, qui lui renvoyait l'image d'un homme beau comme tous les héros de roman que rêvent les jeunes filles, elle passa sa main, où brillait l'alliance, dans ses courts cheveux bouclés. Un rictus amer plissa ses lèvres estompées d'un imperceptible duvet brun.

— Le bonheur, ma tante, fit-elle froidement, est d'autant plus vrai qu'il est plus fou ; si Jacques ne se réveille pas du sommeil sensuel que j'ai glissé dans ses membres dociles, je serai heureuse malgré votre malédiction.

Elle s'approcha d'une portière de velours, la souleva d'un geste fébrile, et, la poitrine palpitante, s'arrêta.

Du seuil, le décor était féerique. De ce sanctuaire païen érigé au sein des splendeurs modernes, émanait un vertige subtil, incompréhensible, qui eût grisé n'importe quelle nature humaine. Raoule avait raison... l'amour peut naître dans tous les berceaux qu'on lui prépare.

L'ancienne chambre à coucher de Mlle de Vénérande, arrondie aux angles, avec un plafond en forme de coupole, était tendue de velours bleu, lambrissée de satin blanc rehaussé d'or et de cannelures en marbre.

Un tapis, dessiné d'après les indications de Raoule, recouvrait le parquet de toutes les beautés de la flore orientale. Ce tapis, fait de laine épaisse, avait des couleurs tellement vives et des reliefs si accusés, qu'on aurait pu croire marcher dans quelque parterre enchanté.

Au centre, sous la veilleuse retenue par quatre chaînes d'argent, la couche nuptiale prenait les contours du vaisseau primitif qui portait Vénus à Cythère. Une profusion d'amours nus accroupis au chevet soulevaient de toute la force de leurs poings la conque capitonnée de satin bleu. Sur une colonne en marbre de Carrare, la statue d'Eros, debout, l'arc au dos, soutenait de ses bras arrondis d'amples rideaux de brocart d'Orient, retombant en plis voluptueux tout autour de la conque, et, du côté du chevet, un trépied en bronze portait un brûle-parfum étoilé de pierres précieuses où se mourait une flamme rose dégageant une vague odeur d'encens. Le buste de l'Antinoüs aux prunelles d'émail faisait face au trépied. Les fenêtres avaient été reconstruites en ogive et grillées comme les fenêtres de harems, derrière des vitraux de nuances adoucies.

L'unique ameublement de la chambre était le lit. Le portrait de Raoule, signé Bonnat, s'accrochait aux tentures, tout entouré de draperies blasonnées. Sur cette toile, elle portait un costume de chasse du temps de Louis XV et un lévrier roux léchait le manche du fouet que tenait sa main magnifiquement reproduite.

Jacques était étendu sur le lit ; par une coquetterie de courtisane qui attend l'amant d'une minute à l'autre, il avait repoussé les couvertures ouatées et le moelleux édredon. Au reste, une vivifiante chaleur régnait dans la chambre bien close.

Raoule, les pupilles dilatées, la bouche ardente, s'approcha de l'autel de son dieu, et dans son extase :

— Beauté, soupira-t-elle, toi seule existes ; je ne crois plus qu'en toi.

Jacques ne dormait pas : il se souleva doucement sans quitter sa pose indolente ; sur le fond d'azur des courtines, son buste souple et merveilleux de forme se détachait rose comme la flamme du brûle-parfum.

— Alors, pourquoi voulais-tu jadis la détruire, cette beauté que tu aimes ? répondit-il dans un souffle amoureux.

Raoule vint s'asseoir sur le bord de la couche et prit à pleines mains la chair de ce buste cambré.

— Je punissais une trahison involontaire cette nuit-là ; songe à ce que je ferais si jamais tu me trahissais réellement.

— Ecoute, cher maître de mon corps, je te défends de rappeler le soupçon entre nos deux passions, il me fait trop peur... Pas pour moi ! ajouta-t-il, riant de son adorable rire d'enfant, mais pour toi.

Il posa sa tête soumise sur les genoux de Raoule.

— C'est bien beau, ici, murmura-t-il, avec un

regard reconnaissant. Nous allons y être très heureux.

Raoule, du bout de son index, caressait ses traits réguliers et suivait l'arc harmonieux de ses sourcils.

— Oui, nous y serons heureux, et il ne faut pas quitter ce temple de longtemps, pour que notre amour pénètre chaque objet, chaque étoffe, chaque ornement de caresses folles, comme cet encens pénètre de son parfum toutes les tentures qui nous enveloppent. Nous avions décidé un voyage, nous n'en ferons pas ; je ne veux pas fuir l'impitoyable société dont je sens grandir la haine pour nous. Il faut lui montrer que nous sommes les plus forts, puisque nous nous aimons...

Elle pensait à sa tante... Jacques pensait à sa sœur.

— Eh bien, dit-il résolument, nous resterons. D'ailleurs, j'achèverai mon éducation de mari sérieux ; dès que je saurai me battre, j'essaierai de tuer le plus méchant de tes ennemis.

— Voyez-vous cela, madame de Vénérande, tuer quelqu'un !

Il se renversa d'un mouvement gracieux jusqu'à son oreille :

— Il faut bien qu'elle demande à tuer quelqu'un, puisque le moyen de mettre quelqu'un au monde lui est absolument refusé.

Ils ne purent s'empêcher de rire aux éclats ; et, dans cette gaieté à la fois cynique et philosophe, ils oublièrent la société impitoyable qui avait prétendu, en quittant l'hôtel de Vénérande, qu'elle quittait un tombeau.

Peu à peu, la gaieté insolente se calma. Son rictus ne déforma plus leurs deux bouches qui s'unissaient. Raoule attira le rideau jusqu'à elle, plongeant le lit dans une demi-obscurité délicieuse, au sein de laquelle le corps de Jacques avait des reflets d'astre.

— J'ai un caprice, dit-il, ne parlant plus qu'à voix basse.

— C'est le moment des caprices, répondit Raoule, mettant un genou sur le tapis.

— Je veux que tu me fasses une vraie cour, comme, à pareille heure, peut en faire un époux quand c'est un homme de ton rang.

Et il se tordait, câlin, dans les bras de Raoule, rejoints sous sa taille nue.

— Oh ! oh ! fit-elle, retenant ses bras, alors je dois être très convenable ?

— Oui... tiens, je me cache, je suis vierge...

Et, avec une vivacité de pensionnaire qui vient de lancer une malice, Jacques s'enveloppa de ses draps : un flot de dentelles retomba sur son front et ne laissa plus entrevoir que la rondeur de son épaule, qui semblait être, ainsi voilée, l'épaule large d'une femme du peuple, admise par hasard dans le lit d'un riche viveur.

— Vous êtes bien cruelle, fit Raoule, écartant le rideau.

— Mais non, dit Jacques, ne pensant pas qu'elle commençait déjà le jeu. Non, non, je ne suis pas cruel, je te dis que je veux m'amuser, là... J'ai de la gaieté plein le cœur, je me sens tout ivre, tout aimant, tout plein de désirs fous. Je veux user de ma royauté, je veux te faire crier de rage et remordre mes plaies comme lorsque tu me déchirais par jalousie. Je veux être féroce à ma manière, moi aussi.

— N'y a-t-il pas assez de nuits que j'attends et demande aux songes les voluptés que tu me refuses ? continua Raoule debout et le couvrant de ce regard sombre, dont la puissance avait doté l'humanité d'un monstre de plus.

— Tant pis, riposta Jacques, mettant sur sa lèvre pourpre le bout de sa langue humide, je me moque un peu de tes songes, la réalité sera meilleure après, je te supplie de commencer tout de suite, ou je me fâche.

— Mais c'est le martyre le plus atroce que tu puisses m'imposer, reprit la voix frémissante de Raoule, qui avait l'intonation grave du mâle : attendre quand j'ai la félicité suprême à ma portée ; attendre quand tu ne sais pas encore combien je suis fier de te tenir en mon pouvoir ; attendre quand j'ai tout sacrifié pour avoir le droit de te garder à mes côtés, jour et nuit ; attendre quand le bonheur inouï serait de t'écouter seulement me dire : « Je suis bien le front sur ton sein, je veux dormir là. » Non, non, tu n'auras pas ce courage !

— Je l'aurai, déclara Jacques, sincèrement dépité de voir qu'elle ne se prêtait pas à la comédie sans en avoir le bénéfice voluptueux. Je te répète que c'est un caprice.

Raoule tomba sur les genoux, les mains jointes, ravie de le voir dupe lui-même, et *par habitude*, de la supercherie qu'il implorait, sans se douter qu'elle l'employait dans son langage passionné depuis vingt minutes.

— Oh ! tu es d'une méchanceté ? je te trouve tout à fait détestable, fit Jacques énervé.

Raoule s'était reculée, la tête rejetée en arrière.

— Parce que je ne puis te voir sans devenir fou, dit-elle, se trompant à son tour ; parce que ta divine beauté me fait oublier qui je suis et me donne des transports d'amant ; parce que je perds la raison devant tes nudités idéales... Et, qu'importe à notre passion délirante le sexe de ses caresses ? Qu'importent les preuves d'attachement que peuvent échanger nos corps ? Qu'importent le souvenir d'amour de tous les siècles et la réprobation de tous les mortels ?... Tu es belle... Je suis homme, je t'adore et tu m'aimes !

Jacques avait compris enfin qu'elle lui obéissait. Il se leva sur un coude, les yeux pleins d'une joie mystérieuse.

— Viens !... dit-il dans un frisson terrible, mais

n'ôte pas cet habit, puisque tes belles mains suffi-
sent à enchaîner ton esclave... Viens.

Raoule se rua sur le lit de satin, découvrant de
nouveau les membres blancs et souples de ce
Protée amoureux qui, à présent, n'avait plus rien
conservé de sa pudeur de vierge.

Durant une heure, ce temple du paganisme moderne ne retentit que de longs soupirs entrecoupés
et du bruit rythmé des baisers ; puis, tout à coup,
un cri déchirant retentit, pareil au hurlement d'un
démon qui vient d'être vaincu.

— Raoule, s'écria Jacques, la face convulsée, les
dents crispées sur la lèvre, les bras étendus comme
s'il venait d'être crucifié dans un spasme de plaisir,
Raoule, tu n'es donc pas un homme ? tu ne peux
donc pas être un homme ?

Et le sanglot des illusions détruites, pour toujours mortes, monta de ses flancs à sa gorge.

Car Raoule avait défait son gilet de soie blanche,
et, pour mieux sentir les battements du cœur de
Jacques, elle avait appuyé l'un de ses seins nus sur
sa peau ; un sein rond, taillé en coupe avec son
bouton de fleur fermé qui ne devait jamais s'épanouir dans la jouissance sublime de l'allaitement.
Jacques avait été réveillé par une révolte brutale
de toute sa passion. Il repoussa Raoule, le poing
crispé :

— Non ! non ! n'ôte pas cet habit, hurla-t-il, au
paroxysme de la folie.

Une seule fois ils avaient joué sincèrement la comédie tous les deux, ils avaient péché contre leur amour, qui, pour vivre, avait besoin de regarder la vérité en face, tout en la combattant par sa propre force.

CHAPITRE XIV

Ils étaient restés en plein Paris pour lutter, pour braver. L'opinion publique, cette grande prude, se refusa au combat. On fit le vide autour de l'hôtel de Vénérande. Mme Silvert fut peu à peu rayée du clan des femmes recherchées ; on ne lui ferma pas les portes, mais il y eut des audacieux qui ne repassèrent plus son seuil. Les fêtes d'hiver ne réclamèrent plus sa présence, on ne la consulta plus au sujet de la nouvelle pièce, du nouveau roman, des nouveautés de la mode. Ils allaient, Jacques et Raoule, beaucoup au théâtre, mais leur loge ne s'ouvrait jamais pour un ami ; ils n'avaient plus d'amis, ils étaient les maudits de l'Eden, ayant derrière eux, non pas un ange brandissant un glaive flamboyant, mais une armée de mondains. L'orgueil de Raoule tint bon.

L'épisode de la tante, se rendant au couvent la nuit même de leurs noces, défrayait maintes conversations et, comme personne n'avait plaint la chanoinesse, alors qu'elle ne menait pas l'existence de ses rêves, on la plaignit énormément lorsqu'elle eut réalisé sont vœu le plus cher.

Quant à Marie Silvert, elle ne reparaissait pas. Dans une classe qui n'avait aucun rapport avec la société dont Raoule faisait partie, on savait seulement que certaine maison se fondait dans le genre tout à fait luxueux, et quelques habitués de ces sortes de maisons savaient qu'une Marie Silvert la dirigeait.

Tant il est vrai que les aumônes des saints ne sanctifient souvent pas ceux qui les reçoivent.

Rien pourtant ne transpirait dans l'entourage de Raoule ; elle-même ignorait ce fait honteux. On la respectait, voilà tout. Et on se garait sur son passage, comme sur le passage d'une femme menacée par une prochaine catastrophe.

Un soir, Jacques et Raoule retardèrent, d'un accord tacite, l'heure du plaisir. Il y avait trois mois qu'ils étaient mariés, trois mois que chaque nuit les retrouvait s'étourdissant de caresses sous la coupole bleue de leur temple. Mais ce soir-là, près d'un feu mourant, ils causaient : on ne sait pas quel attrait il y a quelquefois dans l'agonie de la braise. Jacques et Raoule avaient besoin de causer l'un près de l'autre, sans transports féminins, sans cris voluptueux, en bons camarades qui se revoient après une longue absence.

— Qu'est donc devenu Raittolbe ? fit Raoule, lançant au plafond la fumée d'une cigarette turque.

— C'est vrai, murmura Jacques, il n'est pas poli !

— Tu sais que je n'en ai plus peur, fit Raoule en riant.

— Moi, cela m'amuserait de jouer à *ton mari* devant ses moustaches hérissées.

— Tiens ! voyez-vous ce petit fat !...

Elle ajouta gaiement :

— Veux-tu que nous lui offrions demain une tasse de thé... nous n'irons pas à l'Opéra et nous ne lirons pas de vieux livres.

— Si tu n'y vois pas d'inconvénient.

— La lune de miel ne permet pas les surprises, madame, fit Raoule, portant à ses lèvres la main blanche de Jacques.

Celui-ci rougit et haussa les épaules dans un imperceptible mouvement d'impatience.

Le lendemain soir, le samovar fumait devant Raittolbe qui n'avait pas fait d'objection à l'invitation de Raoule.

Les premières paroles échangées sentirent l'ironie de part et d'autre. Jacques frisa l'impertinence, Raoule la dépassa, Raittolbe appuya fortement.

— Vous nous boudez, dit Jacques en lui offrant l'index, comme s'il y mettait de la condescendance.

— Le cher baron serait-il jaloux de notre bonheur ? interrogea Raoule, se dressant comme un gentilhomme offensé.

— Mon Dieu ! mon excellent ami, fit Raittolbe, affectant la confusion et ne s'adressant qu'à

Mme Silvert, je crains toujours les lubies des femmes nerveuses ; si par hasard mon élève, et il désignait Jacques, s'était passé la fantaisie de démoucheter un de ses fleurets, vous comprenez...

En prenant le thé, on échangea encore quelques allusions sanglantes.

— Vous savez que les Sauvarès, les René, les d'Armonville, jusqu'aux Martin Durand, nous fuient, lança Raoule entre deux mauvais rires de diable qui constate sa damnation.

— Ils ont tort... Je prends sur moi de les remplacer avantageusement... On a des amis intimes ou on n'en a pas, repartit Raittolbe.

A dater de ce moment, il revint tous les mardis à l'hôtel de Vénérande. Les leçons d'escrime furent remises en vigueur ; une fois même, Jacques alla, en compagnie du baron, essayer un cheval récemment acheté. Le mariage semblait avoir comblé tous les abîmes jadis ouverts sous les pieds de l'ex-officier de hussards.

Il traitait d'égal à égal avec Jacques, et, en le voyant bien campé sur sa selle, le cigare au coin de la bouche, l'œil hardi, il pensait :

— Peut-être tirerait-on un homme de cet argile... si Raoule voulait.

Et il songeait à une réhabilitation possible, provoquée, en une minute d'oubli, par une vraie maîtresse que Raoule serait forcée de combattre avec la tactique féminine habituelle.

Au retour du Bois, Jacques désira visiter l'appartement de Raittolbe. Ils poussèrent jusqu'à la rue d'Antin.

En pénétrant dans cet intérieur, Jacques fronça les narines.

— Oh ! fit-il, ça sent rudement le tabac chez vous !

— Dame, mon cher mignon, objecta Raittolbe, malicieux, je ne suis pas un apostat, moi ! J'ai mes croyances, je les garde.

Soudain, Jacques eut une exclamation ; il venait de reconnaître, un à un, tous les meubles de son ancien appartement du boulevard Montparnasse.

— Tiens, fit-il, je les avais laissés à ma sœur.

— Oui, elle me les a revendus ; ce n'étaient cependant pas les amateurs qui manquaient, mais...

— Quoi ? interrogea le jeune homme intrigué.

— J'ai tenu à les avoir parce qu'ils sont autant de chapitres d'un roman vécu qu'il était inutile de voir publier un jour.

— Ah ! vous êtes fort aimable ! balbutia Jacques, en s'asseyant sur son ancien divan oriental.

Il n'avait trouvé que cette phrase banale pour remercier le baron de sa délicatesse. Celui-ci se mit à côté de lui.

— Ce temps est loin, n'est-il pas vrai, Jacques ?

Et, cavalièrement, il lui frappait sur la cuisse.

— Qu'en savez-vous ? murmura Jacques, laissant aller sa tête en arrière.

— Comment ? Je pense bien que Mme Silvert

nous donnera bientôt l'occasion de sucer quelques dragées. Pour ma part, j'en commanderai au kirsch, ne pouvant les avaler qu'au kirsch.

— Voyons, mauvais plaisant, vous allez vous taire ?

— Hein ? grogna Raittolbe.

— Eh ! oui, sans doute ? Ne voulez-vous pas que j'accouche par-dessus le marché ?

Le baron saisit au hasard un superbe narghilé de porcelaine et l'envoya se briser contre le mur.

— Mille millions de tonnerres ! rugit-il, vous êtes donc empaillé, vous ? Cependant, je n'ai pas eu la berlue certaine nuit.

— Bah ! fit Jacques avec abandon, une mauvaise habitude est si tôt prise !

Raittolbe se promenait de long en large.

— Jacques, dit-il, avez-vous envie d'essayer autre chose, sans que jamais votre bourreau femelle en sache rien ?

— Peut-être...

Et Jacques eut un étrange sourire.

— Allez voir, au crépuscule, ce qui se passe chez votre sœur.

— Débauché ! fit le mari de Raoule, secouant sa jolie tête rousse.

— Vous refusez ?

— Non ! je demande des explications.

— Oh ! déclara Raittolbe, plein d'une pudeur comique, je ne me charge pas de la réclame de ces maisons-là ; *elles* sont toutes charmantes et savantes, voilà tout.

— Ce n'est pas assez.

— Fichtre ! le canard décapité, alors ? marmotta Raittolbe furieux.

Jacques leva son œil étonné, pur comme un œil de vierge, sur le viveur à poil rude qui lui parlait.

— Que dites-vous, baron ?...

— Ah ! c'est drôle, morbleu ! sacrebleu !

Et Raittolbe s'étreignait les tempes ; puis, il contempla ce visage fatigué, mais si délicat dans ses traits de blonde voluptueuse.

— Je ne puis pourtant pas vous raconter une histoire qu'ensuite vous irez répéter à notre fougueuse Raoule..., espèce de fille manquée.

— Non ! je ne dirai rien..., racontez tout ce que vous voudrez... si c'est drôle.

Et, saisi d'une curiosité malsaine, Jacques oubliait à qui il avait affaire ; confondant toujours les hommes dans Raoule et Raoule dans les hommes, il se leva et vint joindre ses mains sur l'épaule de Raittolbe.

Un moment, son souffle parfumé effleura le cou du baron. Celui-ci frémit jusqu'aux moelles et se détourna, regardant la fenêtre qu'il cût bien voulu ouvrir.

— Jacques, mon petit, pas de séduction ou j'appelle la police des mœurs.

Jacques éclata de rire.

— Une séduction en veston de cheval ? oh !

quel vilain dépravé ! Baron, vous êtes inconvenant,
ce me semble !...

Mais le rire de Jacques était devenu nerveux.

— Eh ! eh ! je vous le paraîtrais moins si vous
étiez en veston de velours !... eut la folie de répli-
quer Raittolbe.

Jacques fit une moue. Quand il vit se plisser la
bouche du monstre, Raittolbe fit un bond jusqu'à
la fenêtre :

— J'étouffe, râla-t-il.

Lorsqu'il revint auprès de Jacques, celui-ci se
tordait sur le divan, dans un accès de rire inextin-
guible.

— Sortez, Jacques ! fit-il, la cravache levée.

Puis, l'abaissant :

— Sortez, Jacques ! fit-il, la cravache levée,
presque défaillante, car cette fois vous pourriez
vous faire tuer.

Jacques s'empara de son bras.

— Nous ne savons pas encore assez bien nous
battre, fit-il, l'entraînant de force jusqu'à leurs
chevaux, piaffant près du trottoir.

Ils dînèrent à l'hôtel de Vénérande, côte à côte,
sans qu'aucune allusion à la scène de l'après-midi
pût alarmer la confiance de Raoule.

Une nuit, Mᵐᵉ Silvert pénétra seule dans le temple azuré. Le lit de Vénus demeura vide, le brûle-
parfum ne s'alluma pas, Raoule n'endossa point
l'habit noir...

Jacques, sorti après le déjeuner pour assister à

un assaut de maîtres en renom, n'était pas rentré.

Vers minuit, Raoule doutait encore de la possibilité d'une trahison. Machinalement, ses yeux se fixèrent sur l'amour soutenant le rideau ; elle crut lui voir une expression moqueuse.

Elle sentit ses veines se glacer d'un effroi inconnu... Elle courut au fond de la chambre chercher un poignard dissimulé derrière son portrait, et se l'appuya sur le sein.

Un bruit de pas se fit entendre dans le cabinet de toilette.

— Monsieur ! cria la voix de Jeanne.

La soubrette prenait sur elle de l'annoncer sans ordre, pour rasséréner madame, dont la physionomie bouleversée lui avait fait peur.

En effet, monsieur entrait quelques secondes plus tard.

Raoule s'élança avec un cri d'amour ; mais Jacques la repoussa brutalement.

— Qu'as-tu donc ? balbutia Raoule affolée... on dirait que tu es ivre !

— Je viens de chez ma sœur, dit-il d'une voix saccadée... de chez ma sœur la prostituée... et pas une de ces filles, tu m'entends ? pas une n'a pu faire revivre ce que tu as tué, sacrilège !...

Il tomba, très lourd, sur la couche nuptiale, répétant dans une grimace de dégoût :

— Je les déteste, les femmes, oh ! je les déteste !

Raoule, atterrée, recula jusqu'au mur ; là, elle s'affaissa sur elle-même, évanouie.

CHAPITRE XV

« Ma très chère belle-sœur,

« Rendez-vous donc ce soir, vers onze heures, chez votre ami M. de Raittolbe, vous y verrez des choses qui vous feront plaisir.

« MARIE SILVERT. »

Ce billet était aussi laconique qu'un soufflet donné en pleine joue. Raoule, en le lisant, éprouva une sensation d'horreur ; cependant sa vaillante nature d'homme reprit un moment le dessus.

— Non ! s'écria-t-elle, il a pu vouloir tromper sa femme... il est incapable de trahir son amant !

Il y avait un mois que Jacques ne quittait plus, pour ainsi dire, leur sanctuaire d'amour, et un mois, qu'une aurore, il avait demandé pardon comme *une adultère* repentante, baisant ses pieds, couvrant ses mains de larmes. Elle avait pardonné parce que peut-être, au fond, elle était heureuse qu'il se fût prouvé à lui-même qu'il était à la merci

de son infernale puissance. Fallait-il donc que de
la boue remontât une nouvelle insulte pour sa passion miséricordieuse ?

Oh ! mais aussi... elle le savait trop bien, la chair
saine et fraîche est la souveraine du monde. Elle
le disait si souvent dans leurs nuits folles, plus
voluptueuses et plus raffinées depuis la nuit d'orgie de Jacques. Raoule brûla le billet. Alors, les
mots de ce billet transparurent sur les murailles
de son salon, en lettres de feu. Elle ne voulait plus
le relire, mais elle le revoyait partout, du parquet
au plafond. Raoule fit venir un à un ses gens, elle
leur posa cette question :

— Savez-vous de quel côté monsieur est allé ce
soir, après sa promenade au Bois ?

— Madame, répondit le petit groom qui avait
tenu la bride du cheval de Jacques, je crois que
monsieur est monté dans un fiacre !...

Ce renseignement n'indiquait pas les intentions
de son mari ; cependant, pourquoi n'était-il pas
rentré pour lui faire part de sa fugue ?

Elle devenait stupide, ma foi !... Est-ce qu'elle
pouvait hésiter ? Est-ce que la nature humaine
n'est pas toujours prête à succomber à la plus
extravagante des tentations ? Est-ce qu'elle-même,
un jour, il y avait juste un an, n'était pas allée trouver Jacques au lieu d'aller trouver Raittolbe ?

— Alors, pensa la farouche philosophe, il est
allé où son destin l'appelait ; il est allé où j'ai prévu qu'il irait, en dépit de mes caresses démonia-

ques ! Raoule, l'heure de l'expiation vient de sonner pour toi ; regarde le danger en face, et, s'il n'est plus temps, châtie le coupable !

Elle tressaillit, car, tout en mettant ses habits d'homme pour ne pas être reconnue *rue d'Antin,* elle se parlait haut.

— Coupable ! l'est-il ? Qui sait ? Ne dois-je pas supporter le poids d'un crime trop souvent prévu par mes soupçons et à l'idée duquel ses lâches instincts l'ont habitué ?

Elle ajouta, en gagnant l'escalier de service correspondant à leur chambre :

— Je ne le châtierai pas, je me contenterai de détruire l'idole, car on ne peut plus adorer un dieu déchu ! Et elle partit, le regard droit, le visage tranquille, avec le cœur broyé...

Rue d'Antin, le concierge lui dit :

— M. de Raittolbe ne reçoit personne.

Puis, en clignant de l'œil parce qu'il voyait que ce jeune homme élégant devait être un ami intime :

— Il y a une dame chez lui.

— Une femme ! râla Mme Silvert.

Une atroce supposition lui vint tout de suite à l'esprit. Il avait pu passer d'abord chez sa sœur... chez sa sœur, il y avait des livrées à toutes les tailles !

— Eh bien, mon ami, c'est justement pour cela que je désire le voir !...

— Mais c'est impossible, M. le baron ne plaisante pas avec ces sortes de consignes.

— Vous en a-t-il donné une ?...

— Non... Tiens... ça se devine !...

Raoule monta sans daigner se retourner et sonna à la porte de l'entresol. Le valet de chambre de M. de Raittolbe arriva, un doigt sur la bouche.

— Monsieur ne reçoit pas en ce moment !

— Voici ma carte, il faut qu'on me reçoive !

Elle avait une carte de son mari dans la poche de son pardessus.

— Monsieur Silvert, bégaya le domestique ahuri, mais...

— Mais, dit Raoule, s'efforçant de rire, ma femme est ici, je le sais ! Vous avez peur que je veuille faire un esclandre ? Soyez tranquille, le commissaire de police ne me suit pas...

Elle lui glissa un billet de banque et referma la porte sur eux.

— En effet, monsieur, murmura le pauvre garçon terrifié, j'ai annoncé Mme Silvert il y a à peine un grand quart d'heure, je vous jure...

Raoule traversa rapidement la salle à manger et entra dans le fumoir, ayant toujours soin de refermer les portes qu'elle ouvrait.

Le fumoir était éclairé par une seule bougie posée sur une console. M. de Raittolbe, debout près de cette console, tenait un pistolet à la main.

Raoule ne fit qu'un bond. Lui aussi voulait se tuer ? Qui est-ce qui l'avait trahi ? Une créature aimée ou sa force morale ?...

Elle saisit le pistolet, et l'attaque fut si brusque

si imprévue, que Raittolbe le lâcha ; l'arme alla
rouler sur le tapis.

— C'est toi ? bégaya l'ex-officier, pâle comme
un mort.

— Oui, tu dois parler avant de te brûler la cervelle, je l'exige. Après... oh ! tu feras ce que tu
voudras !...

Elle paraissait tellement calme que Raittolbe
crut qu'elle ne savait rien.

— Jacques est ici ! fit-il d'un ton guttural.

— Je m'en doute, puisque ton domestique vient
de te l'annoncer tout à l'heure.

— En costume de femme ! s'exclama Raittolbe,
mettant dans cette phrase toute une explosion de
rage insensée.

— Parbleu !

Et ils s'envisagèrent un moment avec une
effrayante fixité.

— Où est-il ?

— Dans ma chambre à coucher !

— Que fait-il ?

— Il pleure !...

— Tu as refusé !

— J'ai voulu l'étrangler, rugit Raittolbe.

— Ah ! mais ensuite tu as voulu te brûler la
cervelle ?

— Je l'avoue !...

— La raison ?

Raittolbe ne trouva rien à répondre. Anéanti, le
viveur se laissa tomber sur un canapé.

— Mon honneur est plus susceptible que le vôtre ! dit-il enfin.

Alors Raoule se dirigea vers la chambre à coucher. Quelques instants, qui parurent des siècles au baron, s'écoulèrent dans le plus profond silence.

Puis une femme reparut, vêtue d'une longue robe de velours noir tout unie, la tête enveloppée d'une mantille. Cette femme était Mme Silvert, née Raoule de Vénérande. Livide et chancelant, son mari la suivait ; il avait relevé le collet de son pardessus pour cacher des traces rouges qu'il avait au cou.

— Baron, dit Mme Silvert d'une voix ferme, j'ai été surprise en flagrant délit, mais mon mari ne veut pas un scandale public. Il vous attendra à six heures, demain, avec ses témoins, au Vésinet, sur la lisière du bois.

M. de Raittolbe s'inclina sans se tourner du côté de Jacques, dont le front était baissé.

— Il suffit, madame ! murmura-t-il ; seulement, le flagrant délit ne peut pas être constaté par votre mari, car Mme Silvert n'est pas coupable, je l'affirme !

Et il posa la main sur sa rosette de la Légion d'honneur.

— Je vous crois, monsieur !

Elle salua comme un adversaire et se retira, le bras passé autour de la taille de Jacques. En franchissant le seuil du fumoir, elle se retourna :

— A mort ! jeta-t-elle simplement dans l'oreille de Raittolbe, qui la reconduisait.

Le valet de chambre dit plus tard, au sujet de cette étrange aventure :

— Mme Silvert, que j'aurais juré avoir vue blonde comme les blés en entrant, était brune comme la suie en sortant... Ah ! c'est de toutes les façons une bien jolie femme !

Ce fut Raoule elle-même qui, le lendemain, vint éveiller Jacques dès l'aube ; elle lui donna les deux adresses de ses témoins.

— Va, dit-elle d'un accent très doux, et n'aie pas peur. Il s'agit d'un assaut en plein air, au lieu d'être à la salle d'escrime !

Jacques se frotta les yeux comme un être qui n'a plus conscience de ce qu'il fait ; il avait dormi tout habillé sur son lit de satin :

— Raoule, murmura-t-il avec humeur, c'est ta faute, et puis, j'ai voulu plaisanter, voilà tout !...

— Aussi, lui dit-elle, souriant d'un sourire adorable, je t'aime encore !...

Ils s'embrassèrent.

— Tu iras faire ton devoir de mari outragé, tu recevras une petite égratignure, c'est la seule vengeance que je veux tirer de toi. Ton adversaire est prévenu : il doit respecter ta personne !...

— Ah ! Raoule, s'il ne t'obéissait pas ? murmura Jacques inquiet.

— Il m'obéira !

Le ton de Raoule n'admettait pas de réplique.

Cependant, Jacques, à travers les brouillards de son imagination idiotisée par le vice, revoyait toujours devant lui la figure menaçante de Raittolbe, et il ne comprenait pas pourquoi, elle, *le bien-aimé*, lui pardonnait si lâchement.

Il trouva le coupé tout attelé près du perron, monta d'une allure machinale et se rendit aux adresses indiquées.

Martin Durand accepta sans contestation de lui servir de témoin dans une affaire inconnue. Mais le cousin René, devinant qu'il s'agissait d'une escapade de Raoule, ne trouva pas *amusant* d'avoir à soutenir l'honneur de Jacques Silvert. Il ne céda que quand il sut qu'il n'y avait qu'une querelle d'escrime en jeu.

Alors, comme Jacques avait épousé une de Vénérande et, de ce chef, faisait partie de *leur noblesse*, par esprit de corps, le cousin rejoignit Martin Durand.

Les deux témoins, ne sachant pas le moins du monde à quoi s'en tenir, n'échangèrent que de rares paroles. Jacques Silvert, lui, se renversa dans le coin le mieux rembourré de sa voiture et s'endormit.

— Alexandre ! fit René, montrant le mari de Raoule en ricanant.

— Parbleu, riposta Martin Durand, il se bat pour la galerie. Raittolbe a probablement à lui faire essayer une nouvelle botte. Est-il assez complaisant, ce mari !

René eut un geste de hauteur qui arrêta net la diatribe malencontreuse de l'architecte.

Après une heure un quart du trot relevé de son pur-sang, Jacques, réveillé par ses témoins, sauta à terre sur la lisière du bois. Ils furent quelques instants à trouver l'adversaire. Tout était singulier dans ce duel, et le lieu du rendez-vous n'était pas plus défini que son réel motif.

Enfin, Raittolbe apparut, amenant avec lui deux anciens officiers. Jacques savait qu'on salue son adversaire, il le salua.

— Très crâne, de plus en plus crâne ! affirma René.

Puis les témoins s'abordèrent, et, Jacques, pour se donner la contenance d'un vrai mâle, alluma une cigarette offerte par Martin Durand.

On était au mois de mars, il faisait un temps gris, mais très tiède. Il avait plu la veille et les bourgeons naissants des arbres étincelaient de mille gouttelettes brillantes. En levant le front, Jacques ne put s'empêcher de sourire de son sourire vague qui était chez lui toute la spiritualité de sa molle matière. A quoi souriait-il ? Mon Dieu, il l'ignorait ; seulement, ces gouttes d'eau lui avaient fait l'effet de regards limpides abaissés tendrement sur sa destinée, et il en ressentait de la joie au cœur.

Quand il voyait la campagne, ayant Raoule à son bras, le corps de cette terrible créature, maître du sien, obstruait tout devant lui.

Et il l'aimait cruellement, cette femme... ; il est vrai qu'il l'avait cruellement offensée pour cet homme qui lui avait fait si mal au cou...

Il ramena son regard sur la terre. Des violettes perçaient çà et là sur le gazon. Alors, de même que les gouttes de pluie avaient semé des paillettes dans son obscur cerveau, de même les petits yeux sombres des fleurs à demi voilées mélancoliquement par les brins d'herbe comme par des cils, le rendirent plus obscur encore.

Il vit la terre maussade, fangeuse, et il frémit à la pensée d'être un matin couché là, pour ne jamais se relever.

Oui, certes, il l'avait offensée, cette femme ; mais cet homme, pourquoi lui avait-il fait si mal au cou ?...

Ensuite, rien n'était de sa faute !... La prostitution, c'est une maladie ! Tous l'avaient eue dans sa famille : sa mère, sa sœur ; est-ce qu'il pouvait lutter contre son propre sang ?...

On l'avait fait *si fille* dans les endroits les plus secrets de son être, que la folie du vice prenait les proportions du tétanos ! D'ailleurs, ce qu'il avait osé vouloir, c'était plus naturel que ce qu'elle lui avait appris !

Et il secouait au vent ses cheveux roux en pensant à ces choses ! Ils allaient poser un peu sous des épées croisées, faire *des pliés*. « Allez, messieurs ! »

Ils ferrailleraient jusqu'à ce qu'il reçût l'égratignure promise, puis il reviendrait bien vite lui faire boire dans un baiser la perle pourpre pas plus grosse que les perles de la pluie...

... Pourtant, cet homme lui avait fait bien mal au cou...

Le choix des armes appartenait à Raittolbe. Il choisit. Quand Jacques prit son épée en main il fut surpris de la trouver pesante. Celles dont il se servait habituellement étaient fort légères. Le sacramentel « Allez, messieurs ! » fut prononcé.

Jacques maniait son arme gauchement, comme toujours.

Le baron ne voulait pas regarder Jacques en face, mais le jeune homme manifestait une quiétude si grande, quoique muette, que Raittolbe sentit le froid lui envahir l'âme.

— Dépêchons, songea-t-il, débarrassons la société d'un être immonde !

A ce moment, l'aurore déchira la nue grise. Un rayon glissa jusqu'aux combattants. Jacques fut illuminé et, sa chemise s'entrouvrant au creux de sa poitrine, l'on put apercevoir sur une peau fine comme la peau d'un enfant, des frisons d'or qui formaient à peine une estompe à la chair.

Raittolbe fit une feinte. Jacques para, mais un peu lâchement. Lui aussi avait hâte d'en finir... Si le baron se trompait ? sa poigne était terrible, il l'avait appris à ses dépens. C'était surtout ce silence religieux qui lui pesait ! Au moins Raoule

l'amusait de ses saillies mordantes quand elle lui
donnait ses leçons et il avait envie d'être beau...

Raittolbe eut quelques secondes d'hésitation.
Une angoisse affreuse le tenaillait et une sueur
glaciale l'inondait.

Ce Jacques, tout rose, lui paraissait joyeux ! Il
n'était donc pas poltron, cet être maudit, il ne comprenait donc pas, il ne se défendait pas ?... Les
coups d'épée n'avaient donc pas plus de prise sur
ses membres de jeune dieu que les coups de cravache ?

Alors, ne voulant pas savoir ce qu'il adviendrait,
dans un coupé rapide, il se fendit en détournant
un peu la tête et atteignit Jacques juste au milieu
de ces frisons roux que l'aurore rendait luisants
comme une dorure. Il lui sembla que son épée
entrait toute seule dans la chair d'un nouveau-né.
Jacques ne poussa pas un cri, le malheureux tomba
sur les touffes de gazon où le guettaient les petits
yeux sombres des violettes. Mais Raittolbe cria,
lui ; il eut une exclamation déchirante qui boule-
versa les témoins.

— Je suis un misérable ! fit-il avec l'accent d'un
père qui, par mégarde, aurait assassiné son fils.
Je l'ai tué ! je l'ai tué !

Il se précipita sur le corps étendu.

— Jacques ! supplia-t-il, regarde-moi ! parle-
moi ! Jacques, pourquoi as-tu voulu cela, aussi ?
ne savais-tu pas que tu étais condamné d'avance ?
Ah ! c'est une atrocité, je ne peux pas, moi qui

l'aime, l'avoir tué ! dites, monsieur ? ce n'est pas
vrai ? je rêve ?...

Les témoins, navrés par cette douleur inattendue, essayaient de le calmer, tout en soulevant
Jacques.

— Pour un duel au premier sang, c'est une issue
regrettable, mâchonna l'un des deux officiers.

— Oui ! voilà une affaire désastreuse, murmurait Martin Durand.

— Et pas un médecin, ajouta René, horrible-
ment vexé du dénouement de l'aventure.

— Moi ! j'ai l'habitude de ces choses-là, je vais
le panser ; aller me chercher de l'eau, vite..., dit
le second témoin du baron.

Pendant qu'on allait chercher de l'eau, Raittolbe
avait appuyé ses lèvres sur la blessure et tâchait
d'attirer le sang qui coulait à peine.

Avec un mouchoir on aspergea le front de Jacques. Il entrouvrit les paupières.

— Tu vis ? dit le baron, oh ! mon enfant, me
pardonnez-vous ? continua-t-il en balbutiant, vous
ne saviez pas vous battre, vous vous êtes offert
vous-même à la mort.

— Nous affirmons, interrompit l'un des officiers, qui pensait que son ami allait trop loin, que
M. de Raittolbe s'est parfaitement conduit.

— Tu dois bien souffrir, n'est-ce pas ? pour-
suivait le baron, ne les écoutant plus, toi que le
moindre mal fait trembler. Hélas ! tu es si peu un
homme ! Il faut que j'aie été fou pour accepter

ce combat. Mon pauvre Jacques, réponds-moi, je
t'en conjure !

Les paupières de Silvert se levèrent tout à fait ;
un amer rictus crispa sa belle bouche dont la
chaude nuance pâlissait.

— Non, monsieur, bégaya-t-il d'une voix devenue moins qu'un souffle, je ne vous en veux pas...
c'est ma sœur... qui est cause de tout... ma sœur !...
J'aimais bien Raoule... Ah ! j'ai froid !

Raittolbe voulut de nouveau sucer la plaie, parce
que le sang ne coulait toujours pas.

Alors Jacques le repoussa et lui dit, plus bas
encore :

— Non ! laissez-moi, vos moustaches me pique-
raient...

Son corps frissonna en se renversant en arrière.
Jacques était mort.

. . . .

— Vous n'avez pas remarqué, dit l'un des
témoins du baron, lorsque la voiture se fut éloi-
gnée, emportant le cadavre, vous n'avez pas remarqué que Raittolbe, malgré son désespoir, a oublié
de lui tendre la main ?

— Oui, d'ailleurs, ce duel a été aussi incorrect
que possible... j'en suis navré pour notre ami.

Le soir de ce jour funèbre, Mme Silvert se penchait sur le lit du temple de l'Amour et, armée
d'une pince en vermeil, d'un marteau recouvert

de velours et d'un ciseau en argent massif, se livrait à un travail très minutieux... Par instants, elle essuyait ses doigts effilés avec un mouchoir de dentelle.

CHAPITRE XVI

Le baron de Raittolbe a repris du service en Afrique. Il est de toutes les expéditions dangereuses. Ne lui a-t-on pas prédit qu'il mourrait par le feu ?

A l'hôtel de Vénérande, dans le pavillon gauche, dont les volets sont toujours clos, il y a une chambre murée.

Cette chambre est toute bleue comme un ciel sans nuages. Sur la couche en forme de conque, gardée par un Eros de marbre, repose un mannequin de cire revêtu d'un épiderme de caoutchouc transparent. Les cheveux roux, les cils blonds, le duvet d'or de la poitrine sont naturels ; les dents qui ornent la bouche, les ongles des mains et des pieds ont été arrachés à un cadavre. Les yeux en émail ont un adorable regard.

La chambre murée possède une porte dissimulée dans la tenture d'un cabinet de toilette.

La nuit, une femme vêtue de deuil, quelquefois un jeune homme en habit noir, ouvrent cette porte.

Ils viennent s'agenouiller près du lit, et, lorsqu'ils ont longtemps contemplé les formes merveilleuses de la statue de cire, ils l'enlacent, la baisent aux lèvres. Un ressort, disposé à l'intérieur des flancs, correspond à la bouche et l'anime.

Ce mannequin, chef-d'œuvre d'anatomie, a été fabriqué par un Allemand.

Achevé d'imprimer en mai 1998
sur les presses de l'Imprimerie Bussière
à Saint-Amand-Montrond (Cher)

N° d'édit. : FF 096903. – N° d'imp. : 1299.
Dépôt légal : 2ᵉ trim. 1977.

Imprimé en France